万物有灵

马 浩/著

山西出版传媒集团
北岳文艺出版社
BEIYUE LITERATURE & ART PUBLISHING HOUSE

图书在版编目（CIP）数据

万物有灵 / 马浩著. —太原：北岳文艺出版社，2017.4
ISBN 978 - 7 - 5378 - 5127 - 5

Ⅰ.①万… Ⅱ.①马… Ⅲ.①散文集—中国—当代 Ⅳ.①I267

中国版本图书馆CIP数据核字（2017）第023384号

书　名：万物有灵	策　划：张世景	书籍设计：琥珀视觉
著　者：马　浩	责任编辑：李向丽	印装监制：巩　璠

出版发行：山西出版传媒集团·北岳文艺出版社
地　址：山西省太原市并州南路57号　邮编：030012
电　话：0351 - 5628696（发行部）　0351 - 5628688（总编室）
　　　　0351 - 5628685（编辑室）　传真：0351 - 5628680
网　址：http://www.bywy.com　E - mail：bywycbs@163.com
经销商：新华书店
印刷装订：三河市天润建兴印务有限公司

开本：660mm×960mm　1/16
字数：174千字　印张：14.75
版次：2017年4月第1版
印次：2017年4月第1次印刷
书号：ISBN 978 - 7 - 5378 - 5127 - 5
定价：36.80元

自序

灵是俗世的温暖

灵，从某种意义上来讲，就是一种精神。这种精神，非独人类所有。自然界的万事万物，都有着自己的自然状态，都有着自己的灵魂，不过，鲜为人知。

人，为了寻求大自然的灵魂，于是，盘古开天辟地，混沌的世界，从此有了长天，有了日月星辰，有了大地，有了山河湖泊……一派朗朗乾坤。人类开始了自己的日子，一年有了四季，四季有了春夏秋冬。我想，这是人类对大自然自作多情的解读，好在，大自然似乎并不计较这些，默认了。

其实，人多是以我观物，先哲虽倡导推己及人，或许未能意识到推己及物，也许是对大自然太过敬畏，不敢造次，亦未可知。以我观物，目及之处，自然就会打上"我"的色彩，这是人的局限，自然也包括自己，否则，就不会有这番识见了。

我对大自然的草木，生活中老物件以及一些地方风俗，都有着自己的思考与感悟，我试图把它们的灵魂勾勒出来，事实的情况是，我勾勒出来的影像，往往是我自己，它们似乎是一面面"风月宝鉴"。

《万物有灵》的灵，于我的感知里，是寻常的世俗的温暖。

三九隆冬，在乡野，我曾发现瑟缩的枯草丛中，隐约着斑斑点点的生意，在庭院向阳的角落，印着花花嗒嗒的、羞羞怯怯的嫩绿，早春是悄悄地尾冬而来的吗？我从这丁点的春意之中，似乎体味到了春的含义。

春天从来都未曾远去，她就潜伏在冬的身边，伺机而动，春的要义，就是要把天地的角角落落生机盎然。转念一想，其实，这不过是我的一种看法而已。花草因为温暖的阳光，湿润的泥土，催发了自身的生长，花草的心里是没有四季的概念的，有阳光，有温暖，有湿度……这些足以成就了它们的春天。换句话说，春，在它们看来，从来都不是时间的概念，能够催生它们发芽的时光，都是它们的春，就这么简单。

人的欲望太多，容易迷失，容易孤独，容易受伤……不像草木独自绿着，人往往需要慰藉，温暖，于是，目之所及，草木变成了载体，"登山则情满山"。更多的人，连抬头看草木的时间都没有，在喧闹的尘世里，从孔方中打量着世界，都是铜锈般的冰冷，失真的夸张，失色的干瘪，看不到自身的灵魂。

其实，生活完全可以过得轻松一些，只要把自己放在低处，贴近泥土，留心生活中的点点滴滴，用散淡的心态，打量着手头的日子，你会惊喜地发现，不知何时寄存在世间的自己灵魂。

《葱花》，在我的笔下，通常意义上的葱花，不独是烟火之花，更是诗意之花。我把辛辣的姜的灵魂勾画出来，姜就赋予了我的感情色彩，有了我的感悟与体温。糖炒栗子在我看来，就是一个"玩"的概念，聪明的古人真的很会玩，致使今人依旧沿袭着，无须变革更新。糖炒栗子，看上去很美，滚烫的热栗子，红得发紫，紫得发亮，勾人食欲，吃时，大都用手剥肉吃，少有人连壳带肉抛进嘴里吃，其实，壳外那层糖衣，是给食客看的。这也算是一种包装吧，不过很妙，似有若无，不露迹痕。我坐在《桥边》，桥已不再是单纯的桥，桥就有了灵。

"桥边，在我的眼里，大约是人生的某种意象，某种隐喻。那地方很适合中年人，回顾来路，面对水流，可以在河边洗一洗风尘，坐在桥边，从口袋里，缓缓地摸出香烟，叼在嘴里，不点火，若有所思。"……

以上，是我选取《万物有灵》里的篇章，想诠释我的序文的主旨，也许未必能达到我的目的，这似乎无关紧要了，读者诸君自有判断，序文，不过是正餐前的开胃点心而已。

序文最后，我要留一段文字，给巴陵先生，给陈赋先生，给下午茶书系，《万物有灵》的书稿，我是给巴陵先生的，是他把书稿推荐给下午茶书系的主编陈赋先生，我曾说过，文字是有灵魂的，就像风过竹摇，风是通过竹子的摇动来显示风姿，文字是通过喜欢的人，获得再生。书，我原来起名《草木香》，陈赋先生更名为《草木有灵》，后定为《万物有灵》，我觉得《万物有灵》更能涵盖书的内容，我要感谢二位先生，感谢下午茶书系，感谢喜欢我文字的所有读者朋友们！你们是我《万物有灵》一书的灵魂。

是为序。

马浩

2013年5月11日于南京

目录

001	**第一辑　葱花**
003	春　韭
005	葱　花
006	蒜
009	小人参
011	大白菜
013	甜　梢
015	扁　豆
017	花　生
019	韭菜花
021	辣疙瘩
023	菖　蒲
025	黑不丑
027	黄　瓜
030	茄　子

031	紫云英

035　第二辑　姜有灵魂

037	糖炒栗子
039	姜有灵魂
041	有个性的萝卜
043	低处的芦苇
045	菱角滋味长
048	芦花之美
050	菊之味
052	藕
054	花生酥
055	石磨豆腐
058	菘
059	邳州煎饼
061	长江刀鲜
063	油菜花儿开
065	冬之花断想

| 067 | **第三辑　开花的油灯** |

069	扁　担
071	缸
073	火盆·烘篮
075	那把砂壶
078	牛　槽
080	碌　碡
083	笸
085	开花的油灯
087	钢　笔
090	石　磨
092	水　窖

| 095 | **第四辑　纸捻子** |

097	纸捻子
099	石　碾
101	煤油炉
104	独轮车
106	爆米花机

109	怀　表
112	鞭
114	锄　头
117	铡　刀
119	拓

123　第五辑　说粥

125	韭菜盒
127	说"粥"
129	说　梦
131	说　酱
133	说年味
135	说　爱
137	一双白色回力鞋
139	记忆中的土月饼
141	书　签
143	烤山芋
145	大白片
147	那些夏日的夜晚
149	烧杂鱼

| 151 | 墙的命运 |
| 153 | 偷瓜记趣 |

157　第六辑　秋色梧桐

159	燕子、麻雀及其他
161	蝉
163	小　花
166	水　牛
168	鹰
170	鸽　缘
172	石　榴
174	香　椿
176	梅之韵
177	秋色梧桐
179	根
181	谁染枫林醉
183	五月话槐
185	寻　芳
187	想起那棵银杏树

| 189 | 第七辑　桥边 |

191	虹
193	对　火
195	桥　边
197	钱　夹
199	秋　场
201	雨　中
203	锁
204	蘑菇
205	看　戏
207	井
209	老　桥
212	二月二
214	天　边
216	圆的月团的饼
218	车　站

【第一辑 葱花】

春　韭

春日，尝鲜，首推春韭。

乡村有首俚谣四鲜歌，歌曰："头刀韭，谢花藕，新娶的媳妇，黄瓜妞。"韭，四鲜之首，与新娶的媳妇相类比，却也新奇。乡村广阔天地藏龙卧虎，民间蕴含着大智慧，大道。乡人敬畏自然，顺应着自然，深谙着瓜熟蒂落的老理。

一对有情人，陌路相逢，相识相知，确立恋爱关系，一步一步走入神圣的婚姻殿堂，就像老戏里的镜头，新郎官轻轻撩起新娘的红盖头，揭开那道神秘的面纱，几多新奇、神秘、向往、期待……那一晚，对着红烛橘焰，倾听着春花绽放。

而今呢，网上还没聊上五分钟，对方长得啥样都不知晓，便通过手机联系，敢去宾馆开房了。浪漫一点，不过手持一朵标志性的玫瑰，以防出错，至于此男该女，可否中途调包，顾不上了，直奔主题，结果是最重要的。

话似乎扯远了，不过没离题，说韭菜吧，超市、菜场，一年四季，何时去，何时有，无论深冬盛夏。尤其是冬日，韭菜，看上去却也翠生生的，拿到手中，感觉就不对了，软沓沓的叶片四下散落，如半老徐娘的披头乱发，失却了青春的激情与活力。锅炒之后，更是容颜凋落，惨不忍睹，一小碟韭菜，大半碟清水，堪称水货，味道极淡，似乎与鲜香不靠边。

因何？这种韭菜都是反季的，温室大棚里催生出来的，人为的春天，如空调，让四季少了夏秋冬。记忆之中，春韭上市，大约是在清明之后，谷雨之前。家乡有句俗话：清明断雪，谷雨断霜。春日，春寒尚料峭。韭菜的根基隐在浅土里，上面覆上一层厚厚的麦糠，冬日，自然少不了几床白皑皑的雪被，在三九隆冬的日子里，韭根蓄势待发，它无时无刻不在注视着远方的春，雪慢慢地消融，麦糠悄悄地变腐，它便在寒风中小心翼翼地探着头，迎着春。经过了立春、雨水、惊蛰、清明、谷雨，春韭缓缓地生长着，一点一点，一寸一寸，终于披着一身浓绿的翠衣，婷婷于田间了，拂面不冷杨柳风，远望如一畦一畦汪汪的春水。此时，春韭已生出了五个叶片，韭菜成熟了。由于寒风的压制，韭菜的长度仅有成人的一扎，叶片却厚重，有弹性、韧力，拿在手里左右甩动之后，依旧齐刷刷的，鲜活如初，娉娉婷婷。

一大畦子春韭，收割下来，不过几斤的光景。洗净，切段，不论清炒，还是佐以虾仁、虾米、草鸡蛋，都是干爽爽的，吃到嘴里，怎"鲜香"二字了得。若手中的春韭不多，不够上锅一炒，干脆就切段，用细盐凉拌，入口脆爽，鲜气盈口，细嚼慢品，能品出岁月的味道。

鲜，是踩着时令节拍而来的。你不能心急，等待必不可少，如此才有期盼。什么季节，上市什么菜，这是老天的安排，大自然的规律。因时而食，人要顺应着自然，谁也不能扯着自己的头发，让自己离开地球。

人们往往会产生误解，尤其是口袋充盈者，把"鲜"理解为"先"。有钱就可以提前享受，冬食春蔬，夏餐秋果，其以为科学之功。非也。我不敢说这是伪科学，至少那也是对科学的某种误解，自然是最好的科学范本。春韭，只在春天，一年仅一次，错过了，只有等待，别无他途。

葱　花

葱，还真开花。

植物开花结果，繁衍生息，哪有不开花的呢？不过，葱开花，很少有人见过。葱，多年生宿根草本，同我知晓的白菜、萝卜一样，次年开花，花为白色、球状。

不过，人们通常说的葱花，是指制作菜肴的调味品，把葱切成小段，或片作菱形，不一而足，称之为花有些牵强，感觉却美妙，给人平添了不少想象，那是一朵食欲之花。

葱，有南北之分。北方的葱，以山东最为有名，其大壮硕，俗称山东大葱。大葱，葱白为本，叶为末。说来有趣，葱白虽为本，却深埋在土层里，让葱叶在外抛头露面。碧叶青青，或因抛头露面之故，其味辛辣刺眼，叶内多有涕状液，少人食用，而多食葱白，这一现象值得思索。

大葱的葱白肥美可人，生吃，入口爽脆，微辛，有甜意。一方水土养育一方人，也养育一方链物，北方人喜欢大葱蘸大酱，煎饼卷大葱……这些地方家常小食，也成了地方的形象代言。炒菜用它，需锅红油热，把葱花放进锅里煸炒，一阵噼里啪啦之后，葱香便不胫而走，四处氤氲，霸道得很。虽在菜里，只是少许，但它却不甘寂寞，让你无法对它漠视，哪怕是配角也很出彩。它也偶有唱主角的菜，其保留节目：葱爆羊肉。

南方的葱呢？有着南方的特色，见到它总让人联想到，春雨江南，小桥流水，灰瓦青砖……南方的葱，美其名曰：香葱，身条娇小婀娜，其叶尖细如兰，北方的葱秧苗也比它壮硕，碧绿碧绿的，如江南的水，如江南女子的明眸……

别瞧它娇弱，脾气却不小，味道在某种意义上来讲，并不比北方大葱逊色，甚而有过之无不及。不过，南方的香葱，不可在热油里煸炒，你得把它捧在手心里，放在心尖上。无论是凉菜熟食，哪怕是一碗馄饨，一碗白水面条，须得把它遍撒在顶盖上，明眼处。顿觉神清气爽，其味丝丝缕缕，袅袅娜娜，巧笑盼兮，不觉意乱神迷。

不知因何，北方大葱给我的感觉，犹如关中大汉手拿铁板高门大嗓吼"大江东去"；而南方的香葱呢，如同二八妙龄怀抱丝竹，低吟浅唱着"杨柳岸，晓风残月"。

葱花，烟火之花、诗意之花。

蒜

蒜，很有个性。

喜欢它的，每餐必伴此君；讨厌它的，唯恐避之不及。冰火两端，大概是它所散发的独特的气味。撇开其味不说,其实,蒜还是挺可爱的。

小的时候,父亲曾出一道谜语:兄弟七八个,围着柱子坐,大家一分手,衣服就撕破。在父亲不断地启发下,谜底终于被我揭开了——蒜。于是,开始喜欢蒜了,觉得它很好玩,剥落如雪片般轻盈洁白的蒜皮,放在手心,用嘴吹拂,鹅毛般在空中飘着旋着,久久不落,逗引着我们追着它吹,庭院便会被童稚的欢笑声塞满,玩腻了,就掰下蒜瓣来互打,满地狼藉。

秋日,栽蒜的时候,我曾凑过趣,翻好的土地,细如沙,柔若面,父亲随手拿起镢头,搂起一条浅浅的小沟,墨线般笔直,不可思议,在小沟里溜上清水,便可栽蒜了,我手拿着蒜瓣,照着葫芦画瓢,结果我都把蒜栽倒了,闹出了笑话。范成大的四时田园杂兴有首有关乡童的诗:昼出耘田夜绩麻,村庄儿女各当家。童孙未解供耕织,也傍桑阴学种瓜。童孙只是模仿而已,若动起真来,不知情况会如何?

个性十足的蒜,十分讨人喜欢,即便厌恶它的人,心里也暗暗佩服,多少人,把它育成岁月清供,一只青瓷浅钵,几滴清水,随意几个蒜头,室内便有了盎然春意,哪怕你不待见它,随手丢在厨房一角,它也会在某个角落抽芽发绿,"人间存一角,聊放侧枝花",它的心中似乎有着无尽的春光。

蒜芽成苗,摇曳生姿;苗成起薹,亭亭玉立;蒜头出土,珠圆玉润。蒜苗、蒜薹、蒜头,北方人都这么叫,可到了江南就乱了套,在杭州时,我就曾发过蒙,我买的是蒜苗,偏偏给我蒜薹,真是怪事。不明因何,南方人把蒜苗叫大蒜,把蒜薹叫蒜苗,大蒜头呢,亦称大蒜,弄得初来乍到的北方人一头雾水,用南方话讲,拎不清爽。

蒜在站素菜的行列里，却有着荤的属性，家乡人烧鱼、食狗肉，必不可少。父亲嗜食大蒜，饭桌上，总是不离此物，还以此下酒，辣酒对辣蒜，其味若何？我曾表示疑问，父亲说，谁说酒是辣的，酒到嘴里甜滋滋的，越咂越甜，就着大蒜，酒才够劲儿。不可理解，一如金圣叹所言，花生米同豆干同嚼，有火腿味。

通常情况下，去皮洗净的蒜瓣放入蒜臼之中加盐捣烂成泥，把蒜泥盛放小巧的青花瓷浅之中，加入酱油、醋、香油，北方人吃水饺必佐的佳肴，凉拌黄瓜、海蜇皮、四季豆……菜头必放，而今，大娘水饺店遍布大江南北，虽添加不少其他佐料，不过，蒜泥还是唱主角。梁实秋有一文《菜包》，备料之中蒜泥排第一，不可或缺。把蒜泥均匀地抹在准备好的白菜叶上，然后卷包饭拌菜，双手抱着吃，吃得满脸满手都是菜汁饭粒，痛快淋漓。此吃法，背景应是狼烟四起的大漠，或倚着绵延于崇山峻岭间的长城。

食蒜就是食其味，不过，蒜味往往又不局限其味。我喜欢青花瓷钵之中，作为清供的蓊葱青蒜，我喜欢长于田畦盎然的青蒜，它独特的气息里，有春的意味。蒜是跨年的植物，它和冬小麦一样，从秋走到冬，从春走到夏，历尽沧桑。蒜，也开花，那是真真正正的蒜花，很难得见，蒜起薹时，俗称甩尾，通常在其鲜嫩之时，已被人采摘了，只有侥幸遗漏者，才得以开花，待薹老尾退，蒜花就开了，萼紫花白，花呈蕊状，花落萼开，咧嘴一笑，乳牙般的小蒜瓣，石榴籽一般显露了出来，煞是可爱。

有时，我想蒜的味道，其实就是岁月沧桑的味道，蒜的魅力，便是时光的魅力，大凡遍历世事者，都有其不可复制的个性。

小人参

不知是谁，首喻胡萝卜为小人参的，此喻一出，便被人们接纳，通常还以此借代，寻常的胡萝卜，似乎一下子提升了品位。

第一次得知胡萝卜为小人参，是从父亲的口中。那时候，我还小，秋后，经常把胡萝卜当饭吃的，掀开锅盖，水汽迷蒙中，便见沸水在橘黄色胡萝卜间咕嘟着水泡，一股胡萝卜特有的清香扑鼻而来，用筷子轻轻地一叉，就叉上一根来，趁热吃上一两根，觉得蛮好的，甜滋滋的，可吃多了，嘴里就会返清水，实在是难以下咽。

此时，我便会想到山芋的好。其实，人就是这样，山芋吃厌了，不由得会怀念胡萝卜。父亲为了让我们好好地吃饭，很神秘地说，你们知道吗？胡萝卜又叫小人参，吃胡萝卜就等于吃人参，吃人参是能当神仙的。

父亲边督促我们吃胡萝卜，边讲着有关人参的传说故事。这则故事在我的脑海里，沉寂了几十年，从未被我的记忆剔除，也没有被如水的岁月冲淡，我也没有去查找故事的来源，估计不会是父亲杜撰的，也不知他从何处得来的。

从前，一对师徒居住在深山老林里，师傅白发苍苍，徒弟却是顽童一个，师傅每天都要出门，出门前，一定会分派许多活让徒弟做，做不完，就会挨打。一天，小徒弟在院中干活，一个穿红肚兜的胖娃娃，突然在他的背后冒了出来，跟他说话，帮他干活，一起玩耍，师傅快来时，胖娃娃就对他说，你师傅快来了，我要回去了。胖娃娃前脚走，师傅后脚就到家了，见徒弟把活干完了，没有言语，次日，便加大活量，师傅刚走，胖娃娃就来了，如此，就是几日，一天晚上，师傅便问徒弟，这些天可有人来，小徒弟不敢隐瞒，便一五一十地告诉了师傅，师傅便把穿着红线的针交给了徒弟，吩咐他，等胖娃娃来了，就把针别在娃娃的衣服上。

师傅就沿着那条红线去寻胖娃娃，在一个山崖边，见一株千年人参，原来胖娃娃是千年人参变的，师傅便把人参挖了出来，早晨起来，便叫小徒弟烧水煮那棵千年人参，千叮咛，万嘱咐，让他别掀开锅盖，再香也不能掀开，就出门了，徒弟按照师傅的吩咐烧火，烧着烧着，锅里便喷香了，越烧火，香气越浓烈，徒弟实在禁不住香味的诱惑，打开锅，就把人参给吃了。

晚上，师傅回来了，直奔锅而去，揭开锅盖一看，顿时傻了眼，便把徒弟吆喝过来，问，人参呢？吃了。谁让你吃的，师傅气愤地吼叫着，伸手把锅里的汤水泼向了徒弟，徒弟一闪身，汤水泼到地上，恰巧来了一只狗，狗就把地上的汤水给舔了。师傅气急败坏，顺手抄起一根棍子，去打徒弟，一打，徒弟蹦到树上，再打，徒弟就蹦上了天。没打着徒弟，便去打狗，狗也蹦上天。

那顿胡萝卜，我们吃得格外有滋味。以后，每每吃胡萝卜就会想到那个故事，幻想着胡萝卜就是小人参，吃完之后，一蹦就蹦到天上去，成了神仙，多快活。

后来知道没有那回事，再回头来琢磨那个故事，便觉得神话传说很有意味。胡萝卜，又称甘笋、赤珊瑚、红芦菔、黄根、卜香菜、药萝卜、葫芦菔……相传是从伊朗传入我国，过去，与山芋一样被当作主食的，而今，被列为蔬菜一类了。

小说家高晓声曾说过，什么是文化，吃饭就是文化。这个观点，我举双手赞成，吃饭，一为肚皮之饱，二为口舌之味。若肚子是物质生活的话，味道就是文化。我觉得父亲很伟大，在我们不想吃胡萝卜的时候，父亲把胡萝卜变成了小人参。胡萝卜当饭时，保持其本色，当菜时，它就是小人参了。

大白菜

人总会对某种蔬菜有所偏爱，这可不是我的个见，俗话说，萝卜青菜，各有所爱。众蔬菜中，我对大白菜情有独钟。

大白菜，不饰不伪，质朴无华，其内涵丰厚，是蔬菜中的儒者，就像品行高洁者，总是为人平和，处事淡定，胸怀博大，能化百炼钢为绕指柔，大白菜，可和任何菜蔬搭配，亦可与任何荤食为伍，可清炒，可杂烩……火锅，更是不可或缺，无论主角、配角，都会固守着一己本分，不夸张，不矫饰，不迎合。

潘向黎曾写过一文《清水白菜》，一篇讲爱情、婚姻、生活的小说，女主人拿手的菜，便是清水白菜，看上去很寻常的一道家常菜肴，倾注的却是一颗爱心。"女人将上好的排骨，金华火腿，苏北草鸡，太湖活虾，莫干山的笋，蛤蜊，蘑菇，有螃蟹的时候加上一只阳澄湖的螃蟹，一切二，这些东西统统放进瓦罐，用慢火熬三四个钟头，水一次加足，不要放盐，不要放任何调料来做成这样一份汤。好了以后，把那些东西都捞出去，一点碎屑都不要留。等到要吃了，再把豆腐和白菜放下去。这些东西顺便能把油吸掉。"

清水白菜，其实是个暗喻，寻常的日子无疑是平淡的，平，并非清澈到底，淡，也不是无味，生活打理需智慧，事业经营要用心，个人的修为何尝不是如此呢？广纳博取，不断提升自己的品位。

曾子曰：小人闲居为不善，无所不至。大白菜，厚重不俗，愈是内心深处，愈是鲜美，大有谦谦君子之风，深受静物素描者的青睐。其实，大白菜，摆放在菜市，不过是一颗大白菜而已，这正是其可贵之处，不显山，不露水，却自有着非凡的历史。

大白菜，古时称菘，菘者，冬日不凋，可见大白菜的质地。《南齐书》中记载，南齐名士周颙生活清贫，终日以吃蔬菜为主。一日，文惠太子问他："菜食之中何味最佳？"答曰："春初早韭，秋末晚菘。"近代，北方的大白菜运到南方，受到VIP的待遇，有鲁迅先生的文字为证："北京的白菜运往浙江，便用红头绳系住菜根，倒挂在水果店，尊为'胶菜'。"

大白菜，低调，谦逊，这一点，似与得道者相类。

汪曾祺在《名优轶事》讲萧长华，萧长华去看女儿，女儿给他做芝麻酱拌面，又炸点花椒油，他便埋怨女儿浪费。他在天津演戏，自备伙食，一棵大白菜用刀一划为四，一顿吃四分之一。餐餐如此，窝头，熬大白菜。

大白菜，甘、平，滋养人，常言道，白菜豆腐保平安。大白菜熬豆腐，再放些粉条，过去年代，在苏北老家，是一道很好的待客佳肴。

猪肉炖粉条，东北有名的土菜，其实，这道菜最抢眼的，还是大白菜，因何不叫猪肉炖大白菜呢？这个问题算是问到点上了，这就是大白菜的性格。

提及大白菜雅称为菘，忽而想到一桩趣事。星期日，一文友在家看书，入迷，不觉到了饭点，却无意下厨，无奈夫君相催，便以"菘"字为赌注，让其夫君识解，愿赌服输，其结果是文友笑眯眯地继续把自己埋进书页。

大白菜，我似乎明白了，因何要在白菜前边加一个"大"字。

甜　梢

甜梢，或许许多人不知其为何物。当我要以题为文时，也突然有种恍惚之感，熟知而又陌生。

甜梢，又称甜秸。这样说吧，高粱啥模样，甜秸就是啥模样。过去，村人曾笑话城里人，麦苗韭菜不分，甜梢生长在田间地头，连农人也不好分辨。所不同的是，新鲜的高粱秸秆的皮和肉是无法剥离的，而甜梢的皮肉极易分离，用牙齿轻轻地嗑开甜秸的节端，咬住往下一拉，薄薄的皮便与碧玉般的肉分开了，把四围的皮去除之后，肉质莹翠，脆嫩鲜甜，一口下去，如咬水萝卜似的，嚼之，甘之如饴。当然，这是写文时的感觉，我相信其本味肯定没有这般美好，时间让其甜度增浓，如陈酿之酒。

童年春日里,我手端着干瓢,干瓢里盛着种子,跟在父亲身后,向着河边的自留田走去,夕阳调皮地把我们父子的身影涂抹在地上,挑逗着我的好奇心,我企图踏踩着地上的影子,总是徒然,却不甘心,就这么不断地踏踩着,就来到了目的地,全然没有感觉到路远。父亲在田边刨坑,我负责把种子丢进坑里。开始,感觉很有意思,干着干着就惰了,干瓢一丢,罢工。父亲说,你知道瓢里是啥种子吗?甜梢,长大了,比槐花蜜还甜呢。于是,我来了兴致,重新捡起地上的干瓢,认真地丢起了种子。

种子落到地里,我就开始盼望。其实,在田边种植甜梢,除了哄小孩的嘴,还有另外一种用途,在田边密植它,可以起到临时篱笆的作用。甜梢的高度通常都在三米以上,且根系很发达,气根就有三四蓬,如一只铁锚,稳稳地扎在大地上,因而,虽然它长得又高又细,狂风暴雨对它,却也无可奈何。同时它的叶子狭长,两边似刃,表皮如锉,碰到皮肤疼痒异常,如此,它便充当起了篱笆墙。

甜梢破土而出的时候,细绒绒的苗苗如草。如果点种时一坑里丢得太多,待它稍大,就必须择苗。这种活,我也常常参与,瞎拔一气,随便地处置一株甜梢的命运。其实,拔掉的,日后同样可以成为高大的甜梢,有时选择真的很残酷。这就是传说中的机会吧。美国诗人弗罗斯特的诗《未选择的路》,"黄色的树林里分出两条路,可惜我不能同时去涉足,我在那路口久久伫立……"诗人有着自己的选择,而人世之间,许多路不由你去选择,便被选择了,无可奈何。好在甜梢的小苗是可以移植的,常有人向父亲讨苗子。由此,一些甜梢的命运也悄悄地发生了改变。

不知何时起,甜梢突然就人间蒸发了,连同我远去的童年,成为回忆。莫非这也是某种选择。

扁　豆

在瓜果蔬菜之中，我以为扁豆最爱美。

时序入冬了，草本的花草大都枯萎而死了，即便是高大的木本乔木，亦大多叶落枝秃，枯瘦嶙峋，瑟缩地站立在寒风中，此时，一簇簇、一丛丛扁豆依旧光鲜地擎在道边，抑或攀在家前院后的篱笆上，偃仰啸歌，当然，少不了几株绽放着金黄色笑脸的野菊相伴，听风，听雨，看云卷云舒。

天冷了，动物的皮毛开始厚密了起来，以御寒越冬，人们也开始着上冬装，当然，那些爱美的姑娘另当别论，谁人还会"十月衣裳未剪裁"呢？大自然真的很奇妙，寒风起兮，人与动物忙活着如何御寒之时，植物却纷纷"脱我旧时裳"，扁豆似乎与众不同，碧叶青青，一串串扁豆夹迎风而上，枝头尚半妍着浅紫色的花朵，显得格外妩媚而夺目。

记忆之中，冬初之时，我家门前的篱笆墙上缀满了扁豆的秧藤，那些摇缀的藤秧似乎成了避风的港湾，聚满了干枯的黄叶，常有成群的鸡在扁豆藤下，挠着落叶寻食，或侧卧着身子，很风雅地负暄，得意地孛起羽毛，享受着和煦冬阳的恩泽，另外，那里好像也是麻雀的好去处，成群结队的麻雀呼啦一声钻进了扁豆藤里，转瞬之间，又是呼啦一声腾空而起,四处飞散,栖落在不远的树上,如此反复,不知它们玩的是什么把戏。我曾用马尾长长的毛发,打成活扣系在一条细麻绳上,挽在扁豆厚密的秧藤之间,企图捉麻雀,结果没有一次成功。那时,扁豆花还开着,紫嫩的扁豆夹,如婴儿的小手在寒风中抓挠着什么,不畏寒冷,让人心生怜爱。

扁豆始种于春末,夏日,它似乎忘乎所以地跑秧子,触手所及之处,都有它袅娜的身姿,少开花结荚,秋天,方是扁豆开花结荚的黄金时节,一嘟嘟一串串扁豆花犹如一群群蹁跹的彩蝶,栖息在绿枝之上,很是养目,郑板桥有诗曰:"满架秋风扁豆花"。似乎道出了秋季扁豆花的盛况,扁豆花通常有紫、白两色,紫色的花结紫扁豆,白色的花结白扁豆,花褪去,豆初成,相对而生,或紫或白,成嘟成串,小塔一般,煞是可人。扁豆的藤秧好像从不招虫害,大约是扁豆自身发出的独特气味,那是一种怎样的气味呢?这恐怕只能去问鼻子了,若要落实到文字上,似乎寻不到合适的词语来,家乡自造一方言"劝"字,用来形容它的,有音没字,扁豆也有这种气味,所以我不喜欢鲜吃它,好像家乡的大多数人,也不怎么喜欢鲜食。秋后,扁豆成熟时,采摘下来,用大锅煮熟,摊在席上晾晒,扁豆煮熟之后,气味就被蒸掉了不少,儿时,喜欢捏煮熟的扁豆米吃,糯糯的,粉粉的,香香的,很好吃。扁豆晒干之后,就像刨花一般,又轻又薄,一动,哗啦啦作响,这时,把它装在密封的陶罐里,抑或盛在小竹笼里,三九隆冬,它就会被派上用场了,用水泡发,同粉丝一起炖,若添加上猪肉,那就更妙了。时过境迁,而今我觉得扁豆鲜食也挺好的,切成丝,放上青椒丝清炒,清脆爽口,好像少了些许记忆中扁豆的"劝"味,人的味觉,有时不可思议。

扁豆的藤秧枝叶,深冬也不会凋零,哪怕是深冬枯死了,也是安详地伏在篱笆上,蹲在枯草败叶的道边,像是在打盹,风吹枝摇,叶片微微地翕动着,好似梦中的微笑。据我所知豆类之中,能傲霜凌雪的,唯有扁豆,点点碎雪压在扁豆扇状的碧野之上,可入诗入画。

花 生

"麻屋子,红帐子,里面睡个白胖子。"这条谜语还是儿时,父亲出给我猜的,瞎猜了多时,也没有猜中,最后,父亲揭开了谜底——花生。从此,便记下了。

花生,那时我们那儿很少种植,虽然吃过,却不知是地里长的,还是树上结的。吃时,也大都是炒熟的,或因不常吃,感觉又香又脆,那是父亲赶集时,买回来的零嘴。

第一次吃生花生,是村里一位老奶奶给的,她的儿女都在外当干部,她时常从我家门前过往,总见她披着一件大襟褂子。从门前经过时,我就喊她奶奶,她常夸我嘴甜。一天,我又叫她,她笑眯眯地从大襟褂里掏出一大把花生给我。

吃时,软绵绵的,一股生腥气,不香不脆。母亲说:那是生花生,多吃几粒就香了,生着吃养胃,不上火。我烦不了这么多,就是觉得不好吃。母亲说:不好吃,就别吃了,做种子吧。于是,就在小院里开出了一小块地,刨好坑,在坑里放些草木灰,然后把花生米放进去……在小院里,我第一次见到了花生成长的全过程,从出芽、分蘖、开花,叶是青碧青碧的，与豌豆叶相仿，花是淡黄色的，隐在绿叶里，如只只浅黄色的小蝴蝶。

我以为花生与豌豆角一样，花落了，花生就长出来了。母亲说：不对，花生长在地下。母亲用手扒开果秧子，手指着秧藤上的根须说，看见了吗？那根须扎进土里，就会长出一颗花生来。说着，母亲让我学着她，把花生的藤秧扑倒在地。母亲说：花生的根须扎进土地里越多，结果越多。花生，真的好奇特，名为花生，它却不是因花而生，而是结在根须之下。

有一天，父亲的一位山东朋友来我家，带来一块大圆饼子，说是花生饼。父亲用菜刀费了好大的劲儿，从那大圆饼上切下几小块。我拿起一块，一口下去，咯噔一声，疼得我嗷嗷直叫，我感觉那花生饼比青砖都硬。花生饼须得慢慢地啃，一点一点地啃，一啃香味就出来了，喷喷的香，越啃越香。这花生饼，用刀切成片，斩成小块，放在锅里烧稀饭，也很好喝。听说花生饼可以做花肥，太奢侈了吧。后来，我知道花生饼是榨花生油的边角料，就如同黄豆饼，只不过黄豆饼有些酸软罢了。

花生，我们那地方，又称之长生果，吃了真的能长生吗？不过，花生许多人喜欢吃，倒是真的。在中国，花生拥有大量"粉丝"，无论南方北地。花生，作为年货，是雷打不动的主角。花生还是饮者的知音，不同喜好的人，有不同的吃法，这么说吧，就是想怎么吃，你就怎么吃。花生壳无论鲜干，都可以煮着吃，须花费点工夫，把花生壳洗净，捏开一条缝隙，放入锅中，加入适量的水，然后放八角、桂皮、花椒、味精、酱油、食盐等，花生熟了，味也进去了，面前看着小酒，手中剥着水煮花生，日子有滋有味。当然，有人乐意生啖，也有人喜欢干炒着吃。花生米的吃法呢？花样就更多了，煎炸烹炒，咸甜由己。浙沪一带人的口头禅："老花生沽老酒，味道毛好得"。山东一带人好言："奶奶地，花生就酒，越喝越有"。

没有哪一样食品，能有花生身上蕴含着这么多的中国元素，花生浸蕴着太多太多的中华气息、风物人情。远的不说，就是今天，全国各地的许多地方，婚姻嫁娶之时，新人的被、褥、枕头、箱柜……还都延续着放花生的习俗。花生，谐音会意花开而生，意味着儿女双全，子嗣兴旺。

花生，你不仅滋养着我们的胃，也滋养着浩浩的中华文明。

韭菜花

秋天，西北风缓缓吹来，云暗暗地低垂着，微雨便细细地飘了下来。一场秋雨一场寒。韭菜在薄寒的秋雨中，似乎感知了什么，很努力地绿着，不几日，韭菜便起薹了，开花了。

漫步在韭菜的畦田里，秋阳暖暖地拂着，翠绿的韭薹顶着白色的花苞，小小的花苞神似出水的菡萏，单看，羞羞涩涩的，给人低眉嗅青梅的感觉，放眼一望，那气势就不同凡响了，大有梨花压海棠的气韵，让你意想不到的是，花苞绽放时的劲爆，恰似升空的礼花，更为奇妙的是，绽放的韭菜花冠还缀有数十粒待放的小花苞，白色的花粒，苔米一般。

静静地蹲在韭菜花前，绿叶白花，翠翠莹莹，怡心养眼，随手采一朵，放在嘴里慢慢地嚼着，甜滋滋的味道里透着点点辛辣，能品出人生的些许况味。不远处，一对彩蝶在花间，蹁跹着，忽高忽低，哪一只是祝英台，哪一只是梁山伯……这已是很久以前的记忆了。

韭菜花，让秋有种别样的神采，不知因何，古诗词中，好像没有她的身影，我猜想大约古时韭菜的种植还没有普及吧。

五代书法大家杨凝式，有一幅《韭花帖》：昼寝乍兴，朝饥正甚，忽蒙简翰，猥赐盘飧。当一叶报秋之初，乃韭花逞味之始。助其肥羜，实谓珍馐。充腹之余之余，铭肌载切，谨修状陈谢，伏维鉴察，谨状。

杨凝式是梁唐晋汉周五朝元老，官至太子太保，大书法家，又为人疏狂，竟为朋友赠送韭菜花而感动不已，写信以示谢意，以管窥豹，可见当时韭菜花的珍贵。

韭菜花，养眼，更养胃。通常的吃法，就是腌制。小时候，奶奶就会腌制韭菜花，韭菜花初绽，便用裁衣服的铁剪子铰下来，老了，就会结子，黑黑的籽，咬上去硬硬的，硌牙，影响口感，洗净的韭菜花摊在扁竹筐里晾着，再把已洗好的豇豆，辣椒，黄瓜，或切成段，或切成丝，或切成片，与韭菜花一起加盐掺拌，然后，装入瓷坛中，用草纸封口，大约一星期后，便可以取食了，就稀饭，卷煎饼，那时想也不敢想"助其肥羜"，不过，虽无"肥羜"，韭菜花可以敞开着吃的，杨太保有知，一定羡慕得要命。

腌制韭菜花可以当作长远菜，深冬初春，青黄不接时，也不至于没有下饭的菜，干咬牙。老皇历了。现在，好像没有多少人腌制韭菜花了，都赶着季地吃新鲜的蔬菜，韭菜花炒肉丝，韭菜花薹炒鲜虾，想怎么搭配炒，就怎么搭配，只要自己愿意，加之科技发达，可以在局部肆意改变季节，大棚蔬菜，无土蔬菜……反季生产，逆季上市，图着新鲜，吃着品位，习惯成自然，似乎忘记什么是时令鲜蔬了。

什么季节吃什么，最好不过了，这是我的观点。比如秋季，韭菜花就是不错的选择。

辣疙瘩

现在，就是冬季，鲜蔬也不缺，按理说，就不必腌制咸菜了，深秋之后，尤其是农人还是要腌制咸菜，这似乎是种传统惯性，或是一种饮食文化。

春播秋藏的时代，人们大都遵循自然的规律办事。食色，性也。饮食，人生头等之事，不吃不喝，人就没法活了，何谈其他。人们为了更好地服务肚皮，想方设法，没有冰箱，没有温室大棚，没有便捷的交通运输，为了冬日有蔬菜可食，先民们就发明了腌制咸菜，美其名曰：菹。菹者，防止鲜蔬变腐烂也。几千年吃下来，习惯成自然，胃便有了记忆，因而，生活之中，咸菜，不可或缺。

在我国不腌咸菜的地方，恐怕没有，我曾在沪杭待过一段时间，秋后，市民们都会买大量的那种高帮青菜，在路牙边晒，直晒得那些鲜菜打蔫了，便开始用大盐腌制。我的家乡，苏鲁交界，秋后，有一种专门用来腌咸菜的菜，乡人俗称辣疙瘩。

我也走过一些地方，恕我孤陋，还没有见到过这种菜蔬，也许辣疙瘩是家乡的特产,亦未可知。辣疙瘩,皮色青灰,状若圆锥,尾部多毛须,模样神似青萝卜,其叶狭长,呈椭圆形状,色与根实同,俗称辣疙缨子,无论远看近瞧,不明就里的人,一定会以为是青萝卜,可是不能像萝卜一样生吃。

辣疙瘩,名实相副,其肉质艮且硬,疙瘩一般,咬不动,兼有一股无以名状的辣味,家乡有一词"劝",或是古音,不过无字。辣疙瘩,实乃天生就是为了腌制咸菜的。

辣疙瘩一般在秋天种,先育苗,白露前后移栽,生长期不长,霜降时节,便可以收获了。辣疙瘩收下来之后,先把缨子用刀割下来,像杭州一带人腌制高帮白菜的法子,腌制辣疙缨子,辣疙瘩的腌制就要费些功夫了,大的,需用刀划开,由于它本身是疙瘩,顽固,在腌制的过程中,每隔一段时间,就要用棍棒搅动一番。在漫长的腌制过程中,其辛辣的个性在慢慢地改变,甜中带咸,咸中隐辣,冬日,随吃随取,切成丝放干辣椒炒,可就稀饭,可卷煎饼。冬去春来,春天,把腌制一冬的辣疙瘩捞上来,晾晒,晒干之后,上锅,加原汁,大火煮,小火焖,通常要两天一夜,那种特殊的香气,不胫而走,足以弥漫整个村庄,其上锅前,肤黄色的,出锅时,黑亮亮的,闪着油光,手感和软,秀色可餐,勾人食欲。

家乡所言的咸菜,通常指的就是这种菜,咸菜柳子指的是辣疙缨子。当然,腌制的辣疙瘩,晒干后,不上锅煮,用煮过咸菜的卤汁浸泡,便是俗称的酱菜。其特点是脆,可以直接切成丝,下饭,亦可以加干红椒爆炒,卷煎饼吃,辣,爽,开胃口。

现在,家乡上了岁数的人,深秋了,还是要腌制辣疙瘩的,无论孩子去城里打工,上学,还是在外地落地生根,每回家乡,总要带上些老咸菜。胃口是有记忆的，世事变迁，虽然现代化的交通工具，现代化的信息技术……似已没有什么实际意义上的乡思了，幸而，我们还有牵肠念旧的胃。天寒翠袖薄，日暮倚修竹。生活不能迷失自我，俗话说，要想甜，加点盐。

菖　蒲

菖蒲，在我们那儿叫蒲，干脆，亲切。若有人冷不丁称菖蒲，没准会让人一头雾水，不过，家乡倒有一种野草，叫香蒲，长得跟韭菜的模仿秀似的，就是狭长的叶片单薄了些，秋日里起薹开花，花冠呈伞状，浅降色，很别致，目前为止，我尚未见过如此颜色的花。香蒲的繁殖力极强，白色的根须在土下左冲右突，地面便生长出成片成片的香蒲草，香蒲的根扎得深，块状结实，刮去浅降色的皮，肉质雪白，味苦，据说是一味中药，生长在旱地，而菖蒲是水生植物，生性喜欢在水里，或潮湿的洼地生长，虽说都是"蒲"字辈，估计不同属。

野草与人类很有天缘，孩子降生不是俗称落草吗？古先民曾用蓍草卜凶问吉，据说古时菖蒲也被当作神草。《本草·菖蒲》载："典术云：尧时天降精于庭为韭，感百阴之气为菖蒲……方士隐为水剑，因叶形也。"在家乡，端午节有把菖蒲与艾草束在门前辟邪的习俗。

我很小的时候，就认识菖蒲，我们那儿沟渠纵横，洼地连片，村里庄外，随便一走，都能看到菖蒲清雅的身姿，至于怎么知其名的，一点记忆都没有，这似乎无关紧要，不过，菖蒲与童年纠缠不清，却是不争的事实。大约菖蒲喜水，小孩子也喜水，天性相通，孩子们每出去玩耍，家长总要千嘱咐万叮咛，不要到水边去玩，有水蛇，有鲤鱼精之类，与其说是警告，不如说是暗示，偏偏就要去水边玩。

青青的蒲叶上，蜻蜓最乐意落在上面，我们就下水去捏，光着屁股，轻手轻脚，慢慢靠近目标，不料水波却先荡到了菖蒲叶，蜻蜓警觉地起飞，却不飞远，又落在另一蒲叶上，逗你玩。有时，伙同伙伴去蒲丛里寻鸟窝，摘野菱角，四角的野菱角，肉鼓鼓的，放在嘴里一咬，脆甜……没事的时候，就乐意坐在沟边，瞧着绿意盈盈的菖蒲，菖蒲边开着白花的浮萍，游戈的水草，游来游去的小鱼，红的，褐的，花斑的……

菖蒲都是野生的，无人管，无人问，却生长得很自觉，很努力，通常都长有一人多高，夏日，收割下来，在太阳下晒干，编蒲包，织蒲扇，制蒲栅子……蒲叶内部呈网状，蓄着空气，蒲栅子就跟气囊似的，躺上去，软软的有弹性，又轻便，是夏日在大场上乘凉避暑必带的睡具，坐在蒲栅子上，用蒲扇扇凉，听蛙声蝉鸣，极有野趣。

秋后，菖蒲起薹，蒲棒就长了出来，圆柱形的蒲棒，绛紫色，我怀疑蒲棒老了，就会变作飞絮，就像法桐的毛球，可惜我没有见过，儿时只是采下来玩耍。我曾有个枕头，就是用蒲棒填充的，轻便，绵软。冬天，结冰的时候，冰面上下印着东倒西歪的枯蒲叶，大有"留得残荷听雨声"的诗境。

冬去春来。苏轼有句诗"春江水暖鸭先知"，在我看来，菖蒲比野鸭更早感知春讯，枯干的蒲叶尚在寒风中瑟缩着，蒲芽已悄悄地探出了水面，离别一冬，一切都别来无恙？有时，我就想菖蒲是为谁而生的呢？为了曾立在叶稍的红蜻蜓，为了浪迹在它身边的浮萍，为了落于相伴它根部的野菱，抑或为喜爱它的孩童……

那么，人类为何而生呢？为了寻求爱情？据说人类之初，是四条腿四只臂的怪物，上帝把它一劈两半，从此，人在世上为了寻求自己的另一半，演绎着几多爱恨情仇。有位外国的诗人却说，生命诚可贵，爱情价更高，若为自由故，二者皆可抛。世上之事，看来是说不好，不好说，一切都靠悟，悟者，用自己的心去揣摩。大千世界，或许本没有那么复杂，就像菖蒲自自然然地活着，我想人也一样。

黑不丑

牵牛花，家乡俗称黑不丑，也不知怎么会有这种叫法，也许乡亲们太待见它了吧，贱名好养活，害怕它过早地死掉，过去，乡人为自己的孩子也常取个贱名，估计道理相同。

"花者，媚人之物，媚人者殉己。"我的乡亲父老或许早就明白这个道理了，不过没有把它变成白纸黑字，他们通常的做法是，尽人力而听天命。

在门前的篱笆边，随手丢下几粒黑不丑的种子，怕太刻意了，折寿。黑不丑大约明白主人的用意，一春都不显山不露水，在篱笆上慢慢地爬着，柔弱的青藤翠蔓，俯首低眉的碎叶淡绿，没有行人送它注目礼，似乎正合花主人的心意。

春色，关不住，花，总要绽放。

那是夏日的一天，背着书包上学堂的我，突然发现了篱笆上的黑不丑花，在绿叶间，挺起一只一只小喇叭，蜜蜂飞来了，蝴蝶飞来了，蜻蜓也飞来凑趣……心里莫名地喜欢，没多想就摘下几朵来，转瞬，就把它们揉碎，随手抛掉。

我把这一发现，转告了我的同桌二狗子，二狗子对黑不丑花，似乎一点都不感兴趣，令他感兴趣的是那些蜻蜓。中午放学后，便跑到那片开满喇叭花的篱笆前，寻找栖落在花枝上的蜻蜓。每见，都会蹑手轻脚地靠近目标，大拇指与食指做钳状，慢慢地伸向蜻蜓的尾部，然后手指快速一捏，蜻蜓徒劳地翕动着翅膀，又从母亲的针线筐里寻来细线，系在蜻蜓的尾部，放飞。当然，细线的另一头系着粉红色的喇叭花。

那个夏日，蜻蜓，喇叭花，成了我记忆中的关键词，还有一个叫二狗的少年。就是那年的暑期，一大早起来，母亲告诉我，我的同桌二狗淹死了。当时，听了没有太在意，感觉不应该是真的，以为暑假一开学，就可以看到他。可结果是，从此以后，我就再也见不到他了，就像一年后，奶奶撒手离我而去，从此再也见不到奶奶一样。死亡，不再是梦幻般的游戏，不是小伙伴拟作枪杀，让我躺下，然后再爬起来，继续玩耍。

那年的喇叭花开得繁密，一直到开到深秋，蜻蜓飞得很低，在一簇一簇黑不丑的花藤上空。

以后，我是否曾摘过牵牛花送过女生，不敢确定，我敢确定的是，曾送一包牵牛花的种子给一位可人的女孩子，我知道她的家在二楼，曾见过二楼阳台上，有过牵牛花袅娜的身姿，翠蔓上星星点点缀着天蓝色的喇叭花，似向世界宣扬什么，其实，它什么也没有说。

后来，听说那个女孩出嫁了，离婚了，单身带着孩子，不知道，她可否还有闲情在阳台上，种牵牛花呢。

今年秋，回老家，家乡变化挺大的，弯曲的泥土小路，被笔直的水泥路取代了，公交车就停靠在村西，顺着水泥路进村，路两边都是两层或三层的小洋楼，不过，下了水泥路向村子深处走去，还有许多老土屋存在，我的记忆在那里被续接。很显然，土屋已很久无人居住了，屋前院后，杂草丛生，在秋风里，簌簌有声，院墙上，爬满了牵牛花，独自开落。

也许它没有去刻意媚人，因而快乐地活着，就是想去媚人，也许没有人有空去多看几眼吧，小学生们都在忙着写作业。其实，这样也好，牵牛花可以享其天年。

文章结束时，忽然想起一件事，牵牛花的结子，黑的称黑丑，白的称白丑。乡人称其为黑不丑，也许有此渊源，我曾言乡人为其取贱名好养活，是我的猜度，一如同桌的二狗，虽起了贱名，却早早地溺水而夭折了。

黑不丑，我家乡的牵牛花，有时，我很想和他吹牛，对话。

黄　瓜

提到黄瓜，让我想起儿时乡下的一首俚谣四鲜歌，歌曰：头刀韭，谢花藕，新娶的媳妇，黄瓜妞。俚谣把嫩黄瓜列为鲜，大约不是翠嫩的黄瓜多么快人朵颐，乃因其罕而鲜。物以稀为贵，人们不免要添加一些想象。

小时候的乡下，黄瓜难得一吃，偶或有人在自留田里种两畦，不过是为了换取点油盐钱，舍不得吃，卖盐的老婆喝淡汤。有时，在土堰玩耍，看到堰边谁家的自留田里，一架架茂密的黄瓜秧藤间隐约着明艳的黄花，想象着藤叶间缀着鲜嫩的黄瓜，心底便逸歪念，可有贼心没贼胆，只对那顶花带刺的瓜儿意淫。

那年初夏，早饭后，照例几人结伴去上学，半道遇见一卖黄瓜的，于是，一哄而上，心照不宣地围上了瓜挑子，只见那根根细长的黄瓜，如窈窕淑女半倚在竹筐中，巧笑倩兮，美目盼兮，摄人魂魄。我们便成了卖瓜者的影子，他行，我们就行，他停，我们就停，这似乎不仅仅是为了一解眼馋，终于得了手，而今想来，不觉其耻，颇感有趣，几人此地无银般地掩护着得手的同伴，待吆喝声远去，把战利品拿出来，在那瓜身之上，按人头划痕，一人一口，不许咬过。那根黄瓜的滋味似乎依旧在唇齿间。

有一段时间，见到他人种黄瓜，心里羡慕得不行，总想着自家也能种，想想一畦畦的黄瓜，都属于自己，想吃随便摘，多美。我曾把此念说于父亲，父亲一口回绝，黄瓜不能当饭吃。不承想，若干年后，父亲却痴迷于栽种黄瓜，还买了好多种有关的科普书，抽空就拿出来啃一啃。我知道，父亲过去坚决不种黄瓜，为了过日子，而后又爱上了种植，为的是把日子过得更好。

俗话说，处处留心皆学问。黄瓜随便种，容易，要想种好，种出钱来，另当别论。父亲好学，又工于实践，很快，他便成了这方面的行家里手，很有一套自己的心得。

三九隆冬，植物的种子正在冬眠呢，父亲便把黄瓜种早早地叫醒了，让它喝足了温水，然后把它们放在一种特制的纱布小袋里，扎在腰间，用体温催芽。大约一个礼拜，瓜芽破壳，这时，育秧的炕棚早已准备好了，棚外寒风凛冽，棚内春意盎然，当然，这都是拜父亲早晚的炕火所赐，冬天原来是怕火的。我对下芽、择苗、锄草、松土、喷水之类，不感兴趣，不喜欢做，也做不来，这些活都有一定的含金量。我最乐意做的，就是过了年之后，秧苗已移栽进了大棚，插好了瓜架，瓜苗的触须引领着袅娜的藤秧，沿架攀缘而起，瓜花满架，父亲浇水时，我看沟子，在瓜垄里穿行，毛茸茸的瓜叶挠着脸，痒痒的，看着一根根顶着花冠的瓜妞，格格似的，前呼后拥，心底有着言不出的快意。父亲说，你用心去听，就会听到黄瓜生长的声音，我却听不出来，我想父亲肯定能听到，不过，在我的眼里却能够得到验证。头天晚上浇水时，瓜不过寸，次晨，瓜已盈尺，这丝毫也不夸张，那根根翠嫩的黄瓜，顶花带刺羞掩在绿叶间，真如怜人的新嫁娘。

　　采摘也有学问，采晚了会影响下茬瓜的生长，延长上市周期；早了呢，瓜个未足，影响产量，口感也略有青涩。如此看来，俚谣四鲜歌中的黄瓜妞，大约是始作俑者为了合辙押韵，否则，那就是闭门造车，黄瓜鲜嫩，当数二八妙龄，涉过青涩而青春正当，珠圆玉润，此时采下，刚好，这需感觉，不可造次。黄瓜，据说是张骞出使西域时带来的方外之物，古称青瓜、胡瓜，为避石勒的讳，改称黄瓜。黄瓜实乃名不副实，不过，也非哗众取宠，倘若真的名副其实了，那就真的成"老黄瓜"了，与鲜嫩相去甚远，想想实在有趣。

茄　子

　　家乡，菜园里总少不了两畦茄子，几架豇豆，一席韭菜……步入菜园，引人注目的就数茄子了，在翠绿之间，积淀着一汪深紫，淡定、沉稳，不事张扬，却令人难忘。记忆之中，茄子都是卵形的，称之为"牛蛋茄子"，个头大者，足有斤余。

　　都说红花绿叶。茄子不然，一袭紫装，其梗节粗壮，叶大如掌，三尖六楞，花果皆然，花隐在枝杈，实掩在叶间，紫气氤氲出一派蓬勃生机，放眼望去，方悟万紫因何在千红之先了。长如细鞭的豇豆，摘下可直接入口，脆脆生生的，甜滋滋的，茄子也可以。不过，我不曾尝试，面对鲜活的茄子，虽然也有过欲食的冲动。想象一下，一人蹲在菜园里，双手抱着一只圆溜溜的大紫茄子，大口大口地吞食，吃得满腮乌紫，背景是北方一望无际的长空。我想只有北方人，方敢如此作为。

　　后来到了上海、杭州等南方城市，在菜市场，我惊奇地发现茄子大多是蛮腰纤细的长条形，精巧别致，在手中把玩，总觉得不是茄子，无法接受，尽管知道它就是茄子。这种茄子较之北方圆茄，不可同日而语，造化神奇，实乃不可思议，这让我想到了葱。

　　葱，亦有南北之分。

　　北方的葱，以山东最为有名，其大壮硕，俗称山东大葱。葱白肥美可人，生吃，入口爽脆，微辛，有甜意。南方的葱呢？有着南方的特色,美其名曰:香葱,身条娇小婀娜,其叶尖细如兰,碧绿碧绿的,如江南的水,如江南女子的明眸……味道却无异。

茄之长圆,概类于葱之南北,想来也是殊途同归,都是茄子味。好奇心的驱使,我曾到南方的乡村去看过,茄秧子似乎与北方的无异,只不过株体小一些,叶子窄狭而已。差别虽微,结果却异。望着叶间缀着随风摇曳的细长的紫茄,如低首嗅青梅的少女,方觉此茄生南方之趣。刘姥姥进大观园,曾吃过一道菜——茄鲞,不知所用的茄子,是圆茄呢?还是长茄?若说还有差异的话,茄子是普通话,北方的方言依旧称茄子,南方则不同了,照相时,若齐喊南方方言,相片的效果或像霜打的茄子,亦未可知。

紫云英

家乡有种读音曰,梢子或苕子或绍子的农作物,说它是农作物,似乎有点勉强,在人的印象里,农作物多是打粮的,梢子却是另类,长大了,便被掩在田地里,用作肥料,乡人也称之绿肥,不承想,它还有个诗意的名字:紫云英。

我老早就想为它小传,那时,我尚不知它竟有如此妩媚的称谓。只是好奇它,苔米般细碎的叶组成一柄联状叶片,莹莹的绿,旺盛的蔓子,肥肥的,毛茸茸的,手感有些锉,拉人,在一眼望不透的田地里,紫云英的梢头努力地向上翘着,估计是在追随着太阳。可惜太阳太高,它太低，始终昂着头，渴望着什么，花在蔓节中顶出，一穗一穗的，紫色，又不完全，仿佛隐者雪青，大约着染了曦光，穗状的花柱上，分列着无数细长的微张着的花苞，风铃般，似乎随时就会发出丁零零的声响来。翠色中，氤氲着一层淡淡的紫气，如岚，弥漫着清香。

蜜蜂早已闻讯而来了，不消说，蝴蝶也不能缺席。这个时候，若有一对恋人步行其间，最好不过了。阡陌之上，荡漾着绿意紫气，紫云英漫天扑来，花穗翘起头来，远望近瞧，羞怯怯的，似怀无限心思，恋人情话，滋养着情侣，感染了紫云英。

走乏了，便坐在紫云英边上，春日融融，让人慵懒，女孩将脸柔柔地伏在男孩的胸前，男孩顺势搂着女孩的肩，大地似乎一下子平展了，泛着绿意的紫云英花田，如湖，微风一吹，水涌波起，漾起漫野的春情。

其实，这种画面，不是没有，不过，我委实没有见过，我常见的，或者是存留在记忆中的，是顽皮的孩子在长满紫云英的田地里疯，他们在那里，奔跑、跳跃、玩打仗、捉迷藏、捏蜻蜓、扑蝴蝶……牵牵绊绊的，跑不快、跃不起，一不小心，就是一个大跟头，无妨，厚厚的紫云英作垫，只是把衣服染成了片片迷彩。孩子在田里作贱，大人见了，也不会怪罪，紫云英本身就是为了掩肥，没人心痛。

我曾是这群孩子中的一员，我们称之为梢子的紫云英，曾给我过快乐，那时，还不知道思考，或者说尚无有意识地思考。小时候，快乐是件简单的事，长大了，学会了思考，简单却变成了快乐的事了，多么无奈的事，人总要长大，就像紫云英会老。

紫云英的梢头，嫩时，可食用，味道不俗。掐下来的嫩头，用开水一烫，斩成段，放姜丝葱末，浇香醋老抽，加适当的细盐一拌，吃时，淋几滴麻油，滑爽，清脆，后味有点苦涩，却恰到好处。

人能吃的东西，猪自然喜欢，谁家的猪没有圈好。跑了出来，便直奔紫云英的田地。都说蠢笨如猪，哪里知道猪的机灵，俗话说，猪记吃不记打。猪那是有选择地遗忘。

黑黝黝的大肥猪，在泛着紫气的梢子田里，怎么看，都觉得有幽默感。都说猪贪嘴，面对如此丰盛的鲜美的佳肴，老猪很淡定，悠悠地行行，瞧一瞧，嗅一嗅，然后吃两口，用大嘴巴子掘一掘梢子的根部，它似乎觉得，下面或有更好吃的东西，就这么，直吃得滚圆着肚皮，优哉游哉地回家转。梢子似乎对不速之客——老猪，并不讨厌，花穗花瓣，叶蔓粘得老猪满身。

紫云英最旺盛时期，耕牛便拖着犁，把它们掩埋了。牛当然无法知道它是那些鲜活生命终结的先锋，扶犁的农人，似乎从来都不曾想过，那是诗人，或者是哲学家想的问题，土地需要营养去滋养小麦、玉米、大豆……人的胃需要这些粮食用于消化。

那时，人的胃是有福气的，当然，这似乎不关紫云英什么事。

第二辑 姜有灵魂

糖炒栗子

秋天是属于舌尖的。我这么说，相信大家都明白。

糖炒栗子的香味，嗅一嗅，都让人满口生津，也不知它是哪位先人发明的。从前，猴子和猫见农夫在山中烧栗子吃，猴子馋得流哈喇子。农夫不在时，猴子让猫去火中抓取栗子，猫忍着烫把栗子一枚枚抓出来，猴子则在一旁吃。这是成语"火中取栗"的故事。我怀疑是山火让先人发现了美味的栗子。

人类在没有制出糖之前，我猜想也无非是烧着吃、炒着吃、煮着吃，原汁原味的，自有栗子的清香。大概栗子树是野生的，与清风明月一样，是大自然的馈赠，无须花钱买。

我想发明糖炒栗子的绝对是天才的商人。秋风起，百果香，蟹脚肥，菊花黄，空气清，明月朗，有钱有闲的人，便要享受生活。"栗香前市火，菊影故园霜。"多惬意，诗意之中透着市井的烟火之气。

糖炒栗子，古时在南方大概少有，沈三白的《浮生六记》和李渔的《闲情偶记》中，均无炒栗子方面的文字记载。那时，若盛行吃糖炒栗子的话，像以上二位，怎么也得让它在文字中生动起来，就像李渔喜欢食蟹，就像沈三白春日野炊的记趣："先蒸茗，饮毕，然后暖酒烹肴。是时风和日丽，遍地金黄，青衫红袖，越阡度陌，蝶蜂乱飞，令人不饮自醉……"

可想而知，若沈三白在秋日里，菊前桂下，与爱妻吃着糖炒栗子，该又有一番怎样的美妙文字，与桂花、栗子一起氤氲着香气。

估计北方人喜好糖炒栗子，郝兰皋的《晒书堂笔录》有"炒栗"记载："栗生啖之益人，而新者微觉寡味，干取食之则味佳矣，苏子由服栗法亦是取其极干者耳。然市肆皆传炒栗法。余幼时自塾晚归，闻街头唤炒栗声，舌本流津，买之盈袖，恣意咀嚼，其栗殊小而壳薄，中实充满，炒用糖膏则壳极薄脆，手微剥之，壳肉易离而皮膜不粘，意甚快也。

"及来京师，见市肆门外置柴锅，一人向火，一人坐高机上，操长柄铁勺频搅之令匀遍，其栗稍大，而炒制之法，和以濡糖，借以粗沙，亦如幼时所见，而甘美过之……"偶读《老学庵笔记》，言故都李和炒栗名闻四方，他人百计效之，终不可及。

可见，糖炒栗子至少在宋代就很盛行了，有位叫李和的老板，因一手糖炒栗子的绝活而流芳，不知《清明上河图》里，可否有此番市景。那时，糖炒栗子是两人操作，一人烧火，一人翻炒，现在，糖炒栗子还是用这些原料，不过用炭火炉子代替了锅灶，一个人就可以操作了，节省了一个人。效率更高的是用炒栗子的机器，粗沙、饴糖依旧不可或缺。

炒栗子之前，是要把栗子划开的，这倒不是让栗子进味，是怕栗子受热膨胀，炸开，栗子米会被炸飞。糖炒栗子，看上去很美，滚烫的热栗子，红得发紫，紫得发亮，勾人食欲。吃时，大都用手剥肉吃，少有人连壳带肉抛进嘴里吃，其实，壳外那层糖衣，是给食客看的。

这也算是一种包装吧，不过很妙，似有若无，不露痕迹。

姜有灵魂

鲁迅先生曾把孩童的手喻作紫芽姜。鲜嫩的姜水分十足,鹅黄鲜亮,姜芽淡紫,抚摸它,还真似摸弄着幼童肥厚的小手,颇为可人。

小的时候,曾玩过编姜的游戏,中指压着食指,无名指压着中指,小拇指压着无名指,如此,一块鲜嫩的姜就大功告成,看谁编得快,编得好。编好之后,嬉戏互殴,败者再编,乐此不疲。以蔬菜花草为游戏主题者,不少,比如拔胡萝卜栽蒜,击鼓传花之类等,大都取其神,唯编姜游戏形神兼备。

姜,不只是辣。

姜的神韵更像远山。这个比喻不是我的发明,在民间故事里,早有人以姜喻山了。传说乾隆爷大寿,宰相刘罗锅就提一桶老姜去祝寿,谐音会意——"一统江山",挠得好大喜功的乾隆爷美滋滋的。方块汉字真是妙趣无穷。

姜,对人们来说,太熟悉不过了,不过,熟悉的东西往往会熟视无睹,或不明就里。我敢肯定,面对一畦畦翠绿的姜苗,有许多人不知其为何物。

都说樱桃好吃树难栽,其实,姜的种植也要很高的技术要求,姜需熏芽,待姜发芽之后,方可栽植下田;姜芽怕强光的照射,常用小麦的秸秆剪成短帐插在姜垄上遮阳。姜极喜水,隔一天,就要浇一次水,姜喜食豆饼，种姜者大都用豆饼发酵作底肥。眼见着姜芽在小麦秸秆的阴翳之下，探出头来，痛饮着甘洌的清凉的井水，如雨后春笋般，别说，此喻还真的很恰当，姜的秸秆神似竹子，青翠翠的，狭长叶子亦青碧如水，一棵秸秆一个姜奶头，就是说姜的块头越大，秸秆越多，望着一畦畦翠绿挺拔的秸秆，仿佛就望见了酣睡于泥土之中的块块嫩姜。

小时候，邻居极善种姜，我与他儿子常在他家的姜田里玩耍，对种姜印象颇深。那时，村上少人种姜，他家出姜的日子，左邻右舍都轰动了起来，因为姜的秸秆可以食用。姜秸秆除去叶片，如碧玉一般，仿若山间的野竹笋，切片清炒，少一些姜的辛辣，多一点淡淡的甘意，放点小尖椒，卷煎饼，别有一番滋味。

姜的味道很有特色，其辛辣如火烧在嗓子眼，却暖在心口。不像辣椒辣嘴，蒜辣心，韭菜辣人舌头根。姜，生活必需品，烹炒煎炸，不可或缺；亦可腌制为小菜，培成姜糖……无论是调味品、小菜、零嘴，总是不改其性。姜是有灵魂的，它的灵魂就是其非同一般的味道。著名作家贾平凹曾说过，灵魂是寄存在物体之中的，常会"出窍"。我觉得姜形神合一，其灵魂无法游离本体，如同风中的竹，竹动着，你看不见风，但有风了竹才有动态，竹的动态也就是风之形。

常去菜市场一卖鱼摊买鱼，熟了，把鱼装袋之后，总是顺手放入一块姜，不容分说，若另加钱，他却不乐意了，只好收下，感觉那块姜似乎传递着某种情谊。那年料峭春寒，感冒狂咳不止，多日不见好转，一天，同桌给我一包东西，说可以止咳，我打开一看是一包姜糖。喝滚热的姜汤，相信多数人都经历过，风雪夜归人，母亲从厨房中端出一碗热气腾腾的姜汤，手捧着姜汤，橘黄色的姜水，悬浮汤中褚黄的姜片晃荡着，水雾袅袅，呷一口，热辣辣的，滚烫烫的，谁的眼睛会不被那迷蒙的水汽模糊？

姜的味道，有着别样的温暖，有着人间烟火气息。

有个性的萝卜

俗话说，冬吃萝卜夏吃姜，不劳医生开药方。我觉得什么时节吃萝卜，对人都没有害处，大约冬天吃萝卜，对人更有益处，至于有何道理，不想涉及，也没有打算格物致知，我国自古就有药食同源的说法，在此，我想试着给萝卜画幅大写意。

萝卜，不仅养胃，还养心。

暮春时节，有种萝卜，美其名曰：杨花萝卜。估计是杨花纷飞时节上市而得名。杨花萝卜个体小巧玲珑，状若慈姑，通体鲜红，水分足，个头不大，脾气不小，放入嘴里，咯嘣一口，脆生生的，甘甜中透着辛辣，直呛鼻孔，令人欲泪，个性十足，有个性往往就独特。

杨花萝卜的吃法，多是凉拌热炒，我做凉拌时，喜拍碎，撒细盐些许，浇适量的生抽、醋，撒上蒜米，淋几滴麻油，当然有人喜欢吃甜的，可放绵白糖，时令小菜，特别招人爱。烧萝卜与干贝相搭，属经典绝配。台湾女作家陈怡真来北京去拜访汪曾祺，汪曾祺亲自下厨，其中有一道菜就是干贝烧杨花小萝卜。

汪曾祺说："那几天正是北京小萝卜（杨花萝卜）长得最足最嫩的时候，这个菜连我自己吃了都很诧异：味道鲜美如此！"

杨花萝卜吸收了干贝鲜味,又不迷失自己,却更凸显了它的特点,给人望外之喜。

其实,我们通常所言的萝卜,指的是秋天的萝卜,据其皮色,一般可分为:青萝卜、红萝卜、白萝卜。青萝卜多是生吃的,有着水果的属性。据说淮安一带的青萝卜最出名,白萝卜大都生在南方,北方最普通的萝卜,就是红萝卜,团的,长的,穿心的红,向四周辐射,掰开,截面抽象画一般,煞是好看。

读书时,每天早晚都要穿越一块大菜地,秋天,红萝卜成熟了,翠生生的萝卜缨,似乎成了某种诱惑,瞅一眼,便见撑裂土的萝卜,见四下无人,三只手就从胆边生出。新鲜的萝卜皮极易与肉分离,能用手指把整个萝卜皮剥下来,肉色雪白,水灵灵的,入口爽脆,随手把卷曲的萝卜皮抛在路边,看着一时扭动的萝卜皮,有种言不出的成就感。

萝卜皮不好吃,却另有他用,有一段时间,喜欢上了画画,铅笔在洁白的纸上画花,画燕子,画太阳,画小人,画向日葵……没有彩色的蜡笔,便把萝卜皮派上了用场,掐一块萝卜皮,用手指轻轻刮破,然后在画上涂抹,往往有着意想不到的效果。

霜降时,拔萝卜,去掉缨子,就可以窖藏了。通常的窖藏方法,就是平地挖个坑,视萝卜多少决定坑的大小,正方形,长方形,圆形,或深或浅,把萝卜放进去,推土掩埋,埋土之前,四角放上高粱秸秆,以通气,否则,萝卜就会在窖中腐烂。随吃随取,何时吃都是新鲜的。发明窖藏萝卜者,一定是生活中的有心人,事实留心皆学问,此言不虚。

梁实秋有一文《萝卜汤的启示》:"揭开瓦钵盖,热气冒三丈,每人舀一小碗。喔,真好吃,排骨酥烂而未成渣,萝卜煮透而未变泥,汤呢? 热、浓、香、稠。"从这道萝卜汤中,梁先生悟出了为文之道:文章要做到言中有物,不令人觉得淡而无味,少说废话,这就是秘诀,就像美味的萝卜汤要少加水一个道理。为文之道,岂不也是为人之道?要想做一个有品位的人,就要像萝卜学习,不断地充实自己的内涵,又不能邯郸学步,丢失个性。

萝卜,两年生草本植物,次年起薹开花打种。萝卜有着极强的生命力,立春之后,把萝卜从窖中扒出来,栽在田边地头,萝卜便会重生,初叶,起薹,菜薹分蘖出许多的小枝杈,缀满了莹白的小花,花蕊金黄,少媚俗的甜香,素雅大方。农谚曰,打春的萝卜立秋的瓜。现代的科学技术,许多的蔬菜都可反季生长,萝卜却不可以,所以你想吃新鲜的萝卜,只能在暮春时节,或秋冬之时。

低处的芦苇

躺在芦席上,读《蒹葭》,这大约就是一直以来,我喜欢芦苇的因由。

立在水湄的芦苇,以蒹葭的形象,如在水一方的伊人,扎根在文苑里,伴着秋水中那一碗千年月,似可见,实难触,当你揉揉蒙眬的睡眼,走向潮湿的滩涂,芦苇立刻就在眼前真实起来了,不容你半点疑惑,风过芦叶,沙沙有声,尤其在秋日,芦叶青,芦花白,深深呼吸,人便有一种出尘的感觉,飘飘欲仙。

我喜欢在冬日里去河滩散步,芦苇早已被人收割了,剩下片片赭色的芦苴，坚挺着诸多无奈，昔日相伴左右的水鸟，已不知飞向何处，唯有成群的麻雀藏身芦苴之中，觅食。河水细细地流淌着，映着河边东一簇、西一簇没有收净的细瘦的芦苇，那簇簇顶着浅灰色芦穗的细瘦芦苇，头重脚轻，在风中摇晃着。芦叶已枯干灰白，风中，哗啦啦作响。此时的阳光格外的明亮，柔和。此情此景，一幅多有韵味的水墨丹青，可惜我不谙此道。

望着水边干枯的芦苇，凄厉的寒风也奈何不了它，哪怕是几片枯槁的芦叶，不禁令我怀疑一些文学作品来，《荀子·劝学篇》里，有则故事，南方有种"蒙鸠"鸟，在芦苇梢做巢，估计是荀子某日在芦苇荡发现的，于是乎，受到了莫大的启发，"风至苕折，卵破子死。巢非不完也，所系者然也。"这似乎就有点唯心了。据说水葫芦的巢筑在芦苇的根部，能随着水位的涨落而浮动。鸟，何等的灵性！我想荀子若是见到立在寒风中的芦苇，或许便不会有此论调了。

儿时，常随大人去芦苇荡中捉鸟，摸鸟蛋，看来，鸟类是不担心"风至苕折"的，倒是人对它的威胁，让它防不胜防。闲着没事，砍根芦苇当鱼竿钓鱼，好像也不是小孩子的专利，"钓罢归来不系船，江村月落正堪眠。纵然一夜风吹去，只在芦花浅水边。"也算是农闲乐事，更多的时候，孩子们学着电影《渡江侦察记》里一情节，折一节芦苇，在水中潜泳，谁在水里待的时间久，游得远，谁便有种英雄的感觉，尤其是在芦苇中玩捉迷藏，一方藏，一方捉，斗智斗勇，一玩就是半天，常常玩得忘了饥饿。那时的胆子真够大的，芦苇里有的是蛇，咬着可咋办呢，而今想来，头皮便有些发麻。芦苇荡，撒下了多少年的诗意英雄梦。

收割芦苇，一般都在深秋，芦穗尚未吐絮飞花，把芦穗钳下来，风干捻成线，编织芦茅鞋，俗称茅翁，以备冬日御寒，也可以拿到集市上卖钱，上等的芦苇留作编席、帘子等日常用品的原料，次一点的可以建房葺屋，差的烧火，有关编席的文字，孙犁先生在《白洋淀》里，就有过细致的描写。小时候，我就见过那种场面，不过，留给我印象最深的是冬日在地窖里看父亲编斗篷，父亲看着眼前土制的斗篷模型，篾须在父亲手里跳动着，玩花一般，边看边听父亲讲故事，《鞭打芦花》，最早就是从父亲口中获悉的。

小时候，夏日身上会起痒疙瘩，常被抓破，或被蚊虫叮咬，发炎了，奶奶就会用芦叶灰调香油，涂抹患处，有奇效。后来，从《本草纲目》里获知，芦叶"治霍乱呕逆，痈疽"。芦叶、芦茎、芦根，其实都是中药材，芦根、芦茎能清热生津，除烦止呕。其实，芦叶还有一大用途，能包粽子，粽子可是正宗国产的佳肴，且内涵丰厚，不仅仅可以果腹。

俗话说，人往高处走，水往低处流。芦苇也是向低处走的，如水，却站立得很高，善美的东西，从来都不是刻意而为的，往往是水到渠成。

菱角滋味长

秋日，南方的街巷里，便有了叫卖老菱的吆喝声。

"老——菱……"深一句，浅一句。顿声推门而出，买上两斤回来，坐在阳台上剥食，粉粉的糯，秋阳一般。长天一碧秋如水，秋，让人想到淡泊，沉静的字眼，秋味如老菱，慢慢地咀嚼着，滋味悠长。

菱角，又称水栗、菱实、灵果，是一年生草本水生植物菱的果实。菱，给人的印象是生长在南方的水乡，其实不然，记忆中，家乡邳州也曾种植过菱。

邳州地处苏鲁交界，属于广义上北方，一提到北方，总给人黄沙大漠，古道西风的感觉，干燥得拧不出丁点的水意，概念化的东西往往会害人。家乡是山东沂蒙山地区的泄洪走廊，大运河又穿境而过，池塘成片，河网密布，有水自然便有了菱。

记忆中，村里的大汪里种满了菱，挤挤抗抗的，只见碧叶不见水。菱叶浮水互生，聚生于茎端，菱盘呈莲座状，菱角就生长在菱盘上，夏日里开着细碎的白花，晚风一吹，水腥气中透着淡淡的清香。

放学的时候，在偏隅的水汪一角，偷摘菱角，悄悄地蹲下身来，在水中捞起菱盘，急切地瞅着可否有菱角，大的，还是小的，大的摘下了，小的就抛下去，近处的被偷摘光了，就探着手臂向纵深处捞，有时，会用小竹竿帮忙，当然，看汪的老翁的一声大喝，我们立马作鸟兽散。

从夏到深秋，菱角就像块磁铁，紧紧地吸引着我们。

菱角是两角的大菱，皮薄肉饱，白莹莹的菱肉，元宝般，脆脆的，滋滋的甜。其实，村外的河道里，有的是野菱，无人管无人问，却没有兴趣去摘，估计没人过问，玩着不刺激，更重要的是，野菱角个头小，皮厚且硬，一口下去，肉甜皮涩，涩味大于甜意，影响口感，野菱是四角菱，角硬且尖，一不小心，就会扎破嘴。

后来，在《武陵志》得知，"四角三角曰芰，两角曰菱。"没有想到还有三角的菱角，恕我孤陋，至今尚未见到。

少年时，汪中偷菱，以为乐事，长大了亦不觉得丑，不像明时的李日华，他曾在《味水轩日记》中记载窃菱的事："九月九日，由谢村取余杭道，曲溪浅渚，被水皆菱角。有深浅红及惨碧三色，舟行掬手可取而不设畦堑，僻地俗淳此亦可见。余坐蓬底阅所携《康乐集》，遇一秀句则饮一酹，酒渴思解，奴子康素工掠食，偶命之，其资咀嚼，平生耻为不义，此其愧心者也。"

大约我们年少无知，贪嘴，食色，性也，而李先生乃读书明理书生，读来倍觉有趣，没有人与他计较，他却耿耿于怀，人在做，天在看。

秋后，在大汪边观看采菱，真是一件有趣的事，采菱人坐在大木盆中，大木盆里放有盛放菱角的小木盆，放手扒拉着菱盘，翻开，采摘，抛下，木盆慢慢地前进，后边的水路刚开，又被菱秧合上了，一趟下来，小木盆就满满的。采摘过后的菱角汪就开放了，没人看管，可随意打捞，运气好的话，会有不小的收获，说来也怪，兴趣却比以前大减了。

俱往矣。现在的家乡还是在那个老地方，不会迁动，也许是时间不动声色地流过去了吧，都说沧海桑田，感觉家乡很北方了，村外的小河已经断流了，只有夏日能见着细细的水流。菱角是没有栖身之地了，还好，菱角总有的吃。

芦花之美

凡花皆美，各有不同。芦花之美，如邻家的小妹，美得平实，美得舒心，美得温暖……

秋日，行在野外，不经意之间，就会见到低洼处，成片的芦苇，一穗一穗的芦花，指引着风的方向，同时，也牵引着我的目光，顿时，心里感到无可名状的感动。

儿时，深秋随奶奶去河滩捡芦柴，奶奶为了让我不打搅她拾柴，总会折一枝芦花给我玩，手持芦花，看着毛茸茸的芦絮，感觉手里捧着只灰色的小兔，贴在脸上，柔柔的，带着秋阳的体温。那时，天空一定很湛蓝，河水一定很碧绿，野菊一定很金黄，可事实的情况是，我并没有如此这般的记忆，我回忆的画面里，总有打着绑腿，着青色印花大襟褂，踩着小脚，弓着腰在河滩捡芦柴的奶奶，在画面的一角，还有个口吹芦絮，满地追的孩童。

西北风一吹，父亲便把成捆的芦苇搬到小院中，奶奶、母亲就开始剪芦花。芦花，乡人俗称芦毛，不知其名渊源，也不曾去考证，我私下猜度，大约芦花冬可取暖，如动物之皮毛。吃饱穿暖，所谓温饱问题，道理有时就是这么简单，越玄乎的道理，估计越远离事物的真相。剪芦花，可以说是农人的闲趣，冬日，草归垛，粮归仓，廪内有粮心不慌，闲着没事找点事做。俗话说，有事做有饭吃。芦花剪在框里，簸箕里，蓬蓬松松的,如慵懒的少妇,娇无力,待人扶持。此时,孩子们常会过来凑趣,帮着把芦花集成堆,端的端,抱的抱,时而跌倒,散落一地,似帮忙,实添乱,芦花小女人般黏人,衣上,发上,沾满芦絮,拍打不净,顿成毛人。

寒夜,看着火盆,油灯下,母亲把芦穗撕成条条芦絮,奶奶便用拧线的工具拧成绒线,然后编织茅翁鞋,也有地方称"毛窝"。父亲则在一旁把芦苇劈成须篾,父亲在做活时,问我脚冷不冷,鞋里多塞芦毛,芦毛是一宝,暖脚身不冷,这几乎成了父亲冬日的口头禅。父亲曾给我讲过《鞭打芦花》的故事。有时,我就想芦花其实挺暖和的,用芦絮充填袄,羽绒服似的,说不定比棉袄还暖和呢,不知何人杜撰出来的《鞭打芦花》。

芦花填充的枕头,柔软暖和,枕上去,就会美美地坠入梦乡,不觉东方之既白。有关芦花枕,让我想到一则很美的爱情故事。

一位军人回家探亲时,发现妻子失眠,却苦无良方。回部队后,有一天,他发现在驻防地不远的西边的滩涂,有一大片芦苇荡,秋日,芦花云朵般,在他的眼前随风浮来浮去,他的心一动。于是,他每天散步都要采几穗芦花,日久天长,竟用芦絮做成一只大枕头,妻子枕着这只芦花大枕头,从此,告别了失眠。

芦花,虽以花相称,却无花的娇态与媚香,我觉得它的美似乎无关花草,有着人间烟火之气。

菊之味

菊花的味道，不仅是盈鼻的淡淡的清香，这是人所共知的事，我所言的菊之味，是指菊独特的魅力，换句话说，就是菊的气场。

每种花都有着自己的气场，其往往能与人的气场相通，"万物静观皆自得，四时佳兴与人同。"就像陆游与驿外断桥边的梅，一见如故，郑板桥与他院中的竹子，心意相通。当然，说到菊，人们自然便会想到那位不为五斗米折腰的陶县令，我想一定是菊的随性、清逸、散淡之气，正投合陶潜的脾性。

物以类聚，人以群分。大概说的就是气场，所谓气味相投。菊，对生存环境不挑不拣，屋角篱边，田边地头……一春一夏，都不显山不露水，草的扮相，郁郁葱葱的，只顾享受着和风细雨，蝉吟蛙鸣；菊，有着极强的生命力，无论春夏，随便剪几枝，插在土中，适当浇水，就是一株鲜活的生命。

一年夏，我去小城会同窗，他在单位管理苗圃，温室里，满是牛眼大的小花盆。花盆里栽着菊花，有千盆之多，他的吃喝拉撒睡都在那里边，我在那儿小住几日，那段时间里，我差不多每天都帮着他，往牛眼大的小花盆里插菊，拉着皮管子，浇水，闲话，别说，比干坐着闲聊，有趣得多。那株株幼小的翠色，着实令人爱怜，却说不出因由，以至于让我时常想起它们，大约菊的气息融合在同窗之情里边去了。

父亲喜欢摆弄花花草草，他最钟爱菊花，他栽植菊时常因陋就简。村里有个烧制泥陶的窑厂，出窑时，会有坏掉的盆盆罐罐，没事时，父亲就去窑上捡拾，回来装土插菊，盆有方圆，罐有高矮，裂纹者，拟作冰裂，缺口者，拙态可掬……往往有意想不到的妙趣。秋后，菊花绽放，虽没有名品，且花色单一的白色，父亲却很宝爱它们（估计不仅为了看花），深秋时，下午，一盆一罐往屋里搬，上午，又一盆一罐地搬到院中，在父亲的伺候下，菊花也会投桃报李，一冬不败，成了岁月清供。

菊，耐看，不俗，可惜我不善丹青，好在我喜欢读有关菊的诗词。诸如唐人白居易的《咏菊》："一夜新霜著瓦轻，芭蕉新折败荷倾。耐寒唯有东篱菊，金粟初开晓更清。"宋代梅尧臣的《残菊》："零落黄金蕊，虽枯不改香。深丛隐孤芳，犹得车清觞。"断肠词人朱淑贞的《菊花》："土花能白又能红，晚节犹能爱此工。宁可抱香枝头老，不随黄叶舞秋风。"婉约大家李清照的《醉花阴》："薄雾浓云愁永昼，瑞脑消金兽。佳节又重阳，玉枕纱厨，半夜凉初透。东篱把酒黄昏后，有暗香盈袖。莫道不消魂，帘卷西风，人比黄花瘦。"好一个帘卷西风，人比黄花瘦。在此，我不想做菊花诗展。不知是菊成全了诗人，还是诗人成全了菊。我想他们应是相互成全，菊的意象，诗人的心声。

其实，我并非叶公之徒，我实实在在地喜欢菊，清秋时节，我都会去乡间拜访野菊，坐在赭黄的秋草上，默默地对着一簇簇小金菊，相看两不厌。我自觉身上具有菊的气质，换言之，我的气场与菊有共通处。现在，阳台上还摆放着几盆菊花，晨昏相对，或看书，或发呆，或远目，有时，我会幻化成它们其中的一株，这样想时，我就会看到菊花，在风中摇着头，微笑，也不知道它的葫芦里卖的什么药。

藕

"水中撑绿伞,水下瓜弯弯,掰开瓜细看,万缕千丝连。"幼时听来的一则谜语,儿歌一般,朗朗上口,虽然那时还猜不出谜底,并不妨碍我熟记它。

有些知识,会在你不知不觉中就获取。有一天,见到藕,莫名地想到了那则谜语,原来谜底在这儿等着呢。读书时,语文老师曾说过,要求背诵的课文内容,只管背诵,现在不理解,长大了,自然就会明白。看来是有一定道理的。

藕,是一种吃了让人变聪明的食物。家乡有句俗话,吃藕长心眼。藕,多孔,有孔则通,有孔则明,对事物通明,格物致知,不像榆木疙瘩,不开窍,不撞南墙,才怪。藕,又称莲藕,很长一段时间里,我只知道莲藕有孔眼,也从书中得知,有七眼、九眼之别,却从来都没有留意过。处处留心皆学问。看来做个有心人,比聪明更重要。

人往往存在理解的误区,一直以来,我都以为,藕是莲实,至于莲蓬是何物,我似乎从来就没有多想过。一次,与几位友人,在旅游途中,买几只新鲜的莲蓬,手剥着莲蓬米,吃着吃着,就聊起了荷花、莲蓬及藕,我说藕是莲的结果,一友便晃动着手中的莲蓬,坏笑,这才是莲实,藕是莲的根。恍然大悟,熟视的往往无睹,生活之中,人有时就会本末倒置,却不以为非。

莲藕，被子植物中起源最早的种属之一。据古植物学家研究化石证实，一亿三千五百万年以前，在北半球的许多水域都有莲属植物的分布。它在地球上生长的时间比人类祖先的出现要早得多。莲在培育过程中，据栽培目的不同侧重，分为三大类型，即藕莲、子莲、花莲。顾名思义，以产藕为主的称为藕莲，以产莲子为主的称为子莲，以观赏为主的称为花莲。我们通常所言的莲是指藕莲。

藕莲，兼具其他两种所长，开花时，可赏；落花莲蓬老，可食，尤其是谢花藕，家乡有首俚谣四鲜歌：头刀韭，谢花藕，新娶的媳妇，黄瓜妞。可见其鲜美脆嫩。

藕，莲的茎根，在软泥下穿行，有着极强的繁殖力，初春只占水塘一角，盛夏时，便会印满池塘。碧叶高低，芙蓉上下，莲花开落，极有韵致。小荷才露尖尖角，早有蜻蜓立上头。春莲图。兴尽晚回舟，如入藕花深处。夏莲图。秋阴不散霜飞晚，留得残荷听雨声。秋莲图。至于"红藕香残玉簟秋，轻解罗裳，独上兰舟。""菡萏香销翠叶残，西风愁起碧波间。"似乎无关莲荷，另有他指。等到周敦颐的《爱莲说》，更是以莲自况。

在乡间，藕谐音偶，有花开并蒂，佳偶天成之意。婚俗上，尤其在南方，莲藕是必备陪嫁之物，且藕节越多越好。

这一切，都是藕文化，养心。藕，更养胃，凉拌，乃佐酒的清品，酒的清，藕的莹，酒的醇，藕的脆，堪称绝配；清炒藕片，清口不腻好下饭；江米藕，则兼具饭菜之功；至于油炸藕圆、耦合之类种种，可做一餐全藕宴。

藕，自然界的元老，习常了风雨，它以出世之心入世。

行文至此，忽而想到《爱莲说》中，有句名言：出淤泥而不染。觉得此句其实也可当作一条谜语。当然,谜底对世人来讲,似乎很简单明了,不过,简单明了又如何?想想,便觉有趣,藕,充满着禅意。

花生酥

20世纪90年代,城里的菜市大都还露宿街头,买卖都在窄狭的巷道里,感觉有些蓬头垢面,不过,人气很旺,展示了生活的原生态,就在这样的街市里,几乎都流淌过花生酥的浓香。

街头或巷尾,捡一块地方,摆放着一只大炉子,火炉边,支起一个大大的木头砧墩,墩子上少不了一把大木槌,紧挨着的是一条长长的面案子,当然还有一只炒瓢,一把锋利的菜刀,这些都是制作花生酥的家当。做花生酥需要有把子气力,否则,无法胜任。我曾在街头观看过。

早晨的曦光擦过青灰的屋脊,恰好落到做花生酥师傅的头顶,此时,师傅正忙着在火炉旁熬糖,按定饴糖与白砂糖的比例,放进炒瓢里。这时,火候最为紧要,俗话说,隔行如隔山,据说糖熬老了,吃起来有苦意;嫩了,会粘牙,只有恰到好处了,口感才妙,怎么个妙法?只可意会,不可言传。

糖熬好后,放上花生米,花生米是事先搞好的,炒熟后去皮,然后,放在炒瓢里翻搅,使糖水与花生米相拥粘连,之后,把它放置在大木砧墩上,师傅顺手拈过大木槌,抡圆了臂膀,用力夯砸,咚咚作响。随着木槌的起起落落,馥郁的浓香不胫而走,走街过巷,蹿房越脊,一路留香，四处氤氲。香气，抑或木槌的声响，人群麇集，前来看热闹。说时迟，那时快，就见师傅夯一阵，翻过来，再砸，如此反复，眼见着花生仁渐渐地变作了粉齑，融合在糖里，这时师傅放下手中的木槌，洗一洗手，双手抓过那糖堆，拉拉面似的，两臂用力一抖动，一带白亮亮糖条啪的一声落到了长面案上，那把锋利的菜刀便有了用武之地，师傅飞快地把糖条切成一块一块的，很匀，每块大约二指来宽。做花生酥的师傅大都操着徐州那一带口音，为人豪爽，做好后，总要拿起几块分给人家免费品尝，尝者无不竖起大拇哥，那味道甜而不腻，沙沙的，盈口的花生清香，滑爽无渣，感觉如食沙瓤西瓜。于是，纷纷抢购，一锅接一锅，现做现卖，供不应求。

随着城市的现代化进程，浸润千年的街头市井，如同那卖花声，消逝在往昔的岁月里了。如今，城市的街头巷尾再也放不下做花生糖师傅的那只大木墩子了。花生酥，而今想想，回味无穷。

石磨豆腐

旧历的九月，芦花将好吐穗，秋意恰到好处，秋风把九月涂抹成了一首精巧的诗，而重阳节正是秋之篇的诗眼。是啊，若秋意浅一点，就会踩着"老虎"的尾尖，深一些呢，霜天寂寥，芦絮迷眼。

重阳节，总会让人联想到诸如登高、赏菊、插茱萸的风雅习俗，"待到重阳日，还来就菊花"。那感觉，如同在落花的溪水中，流霞的月华里冲洗过一般，似乎不染半点烟火之气，或许都是有关重阳诗文浸染之故吧，而我记忆深处的重阳节，却是别有一番意味。

我的老家在农村，那里主要的农作物就是小麦大豆，一年两季，麦茬豆，豆茬麦。小的时候，作文里描写庄稼丰收景象时，都把"黄金铺地，老少弯腰"这句话用出了老茧。不过，直播现场，确乎如此。黄澄澄的大豆入了仓，白茬茬的豆秸归了垛的时候，岁月的脚步正好也迈进了九月，乡亲们或许为了感恩生活，或是对辛劳一秋的自己的一种犒赏，到了重阳节这天，家家户户都要磨豆子做豆腐，约定成俗了，村里没有人知道始于何时。

我知道这天，母亲会早早地把我叫起来推磨做豆腐。农闲时，父亲总要走街串巷做点小买卖补贴家用，推磨的担子就落到了我的肩上。平时，我畏惧推磨，一圈圈地重复地行走在无穷尽的磨道上，只有呼呼的石磨声，踏踏的脚步声，无边的寂静，画不完的圈圈。但这天早晨推磨，却有所不同，那呼呼的石磨声如音乐，踏踏的脚步声如节拍，今天那笨重的老石磨似乎格外轻巧。吃透了水的黄豆，肥肥胖胖的，可爱而又听话，母亲把它舀在铁勺里，小半勺豆子，多半勺子水，把它倒进磨眼里，雪白的浆沫便从磨周流淌了出来。这个过程，我似乎能听到豆子在快乐地唱歌，或许它们还想再游历一番，拼命地沿着磨盘向上攀挤，形成了一圈圈的白泡沫，给人的感觉就如同冬日里，河岸边冲击的冰层，又好像大风吹旋一层层的雪浪。我边抱着"磨棍"用力推着石磨，边望着沿途的风景，意犹未尽，不知不觉便完成了任务，尽管时已近午了。

把豆子磨成豆浆，我还要帮着母亲把原浆兑水冲稀去渣。之后，我能做的事情就是等着吃热豆腐了。不过，好奇的我，总想目睹豆浆是怎样变成豆腐的，于是，我老是在母亲眼前晃悠。"在我身边尾巴掉挡的，碍事绊脚，出去玩去。"母亲有时会呵斥我。平时不着家的我，今天却不想走出家门半步。我坚持的结果，那就是我亲眼看见了豆浆变豆腐。

母亲把去了渣的豆浆倒进大铁锅，灶膛里燃着了木柴，熊熊的火映得母亲的脸面红彤彤的。豆浆滚时，母亲起身把锅盖揭开，雪白的浆汁咕嘟嘟在铁锅里翻滚，一会儿，豆沫涨出了锅口，眼见着要外溢，这时，只见母亲拿起长把的铁勺轻轻地搅动着豆浆，汹涌的豆浆被母亲这么温柔地一搅，渐渐地平息了激动，恢复了平静，如此反复几次，母亲把灶膛中的火抽了出来，然后把事先稀释好的盐卤，用铁勺均匀地撒在锅里，不疾不徐地搅动着，这时，奇迹出现了，只见雪白的豆浆，不知怎么就变成了大块大块的豆腐脑浮在了清汤里，给人的感觉就如同漂浮在春水上的破冰。这时，母亲用大水瓢把豆腐脑舀出来，放在铺有纱布的竹筛子里，之后，把纱布兜起来系好，在上面压上重物，过一会儿，豆脑就压成了一体，这样一整方豆腐就成了，家乡的说法叫"一亩"豆腐。

这时，母亲就会把豆腐打成小方块，供我们解馋。今天我们可以放开肚皮吃，红辣辣椒酱，白嫩嫩的豆腐，吃起来那真叫过瘾。父亲通常是无此口福的，他在外面尚未归来，母亲就会割下一大块，把它泡在热烫的浆水里，等待着父亲晚上回来吃。

而今这一切，都变成了甜美的回忆，遥远而亲近。重阳节，家乡做豆腐的习俗依旧，只是很少有人亲自做了，买来现成的，走一走过场。当然，也有一部分是心有余而力不足，比如我的父母亲，儿女都不在身边，石磨，他们二老怕是推不动了。

菘

"菘"为何物？

或许有人尚不知晓，若说大白菜，恐怕是妇孺皆知了吧？

大白菜，古时称菘。

这是我闲来灯下翻书偶得的。由此神游，便觉世间万物皆有渊源，不可小视。有些东西司空见惯，似乎相熟，扪心细究，却不甚了了，就比如这平凡无奇的大白菜。

很久很久以前，它或许是草吧，孤独地生长在田野、山间、水涯……怎样的机缘巧合，让它走出了草类，走向了人类的餐桌。

在西安东郊半坡遗址中，就曾出土过已经炭化的白菜籽。古人小心翼翼地保留着那些白菜籽，从中似乎可以窥见某些端倪，奴隶社会，好像也很关注菜篮子。

从汉朝时，就有了关于白菜的记载，它有个雅致的名字：菘。菘，《稗雅》一书这样解释：因白菜凌冬不凋，四季常青，具有松树的品质，故而称之为菘。《吴录》中记载，三国名将陆逊攻打襄阳时，让人种豆种菘，供军中食用。南北朝时期，《南齐书》中记载，南齐名士周颙生活清贫，终日以吃蔬菜为主。一日，文惠太子问他："菜食之中何味最佳？"周颙答曰："春初早韭，秋末晚菘。"南朝梁简文帝对白菜也推崇备至，他曾言，吴郡（苏州）闻名天下的莼菜，比起白菜，也要相形见绌了。

白菜的美味,似乎也征服了不少文人墨客,歌之吟之。北宋大家苏东坡,就是宁可食无肉,不可居无竹的那位,想来他把白菜当肉了,"白菘类羔豚,冒土出熊蹯。"你看是不是?白菜像羔羊、肥猪一样味美,简直就是土中长出的熊掌。南宋诗人范成大的组诗《四时田园杂兴》中就有两首与白菜有关:"桑下春蔬绿满畦,菘心青嫩芥苔肥。""拔雪挑来塌地菘,味如蜜藕更肥醲。"

不过,白菜虽味美,那时却叫菘,恐怕难进平常百姓家的餐桌。鲁迅先生的《藤野先生》一文中曾提及过:"北京的白菜运往浙江,便用红头绳系住菜根,倒挂在水果店,尊为'胶菜'。"从中可见一斑。

而今,菘称为大白菜,老百姓餐桌上最平常的不可或缺的蔬菜,一年四季常有,吃法花样繁多,每日吃着它,或许没人在意它的渊源。

用竹筷揲起一坨白菜,满嘴生津,实乃咀嚼着中华文明的"灼灼其华"。

邳州煎饼

邳州隶属江苏省。说到江苏,在人们的印象里,大约是鱼米之乡,温软之地,当以米食为主。人往往以概念化的东西去定格一些地方,以至一叶障目,忽略了那些独具个性的地方乡俗。

邳州煎饼,可以说是江苏极具特色的地方小食。邳州位于江苏版图的西北边陲，紧邻山东，感觉如一只木锲子嵌入了鲁南之地，在沂水、古运河水的滋润下，生根发芽。一方水土养育一方人。此地主产小麦、玉米、山芋、大豆……这些五谷杂粮正是煎饼的天然原料。

做煎饼，工具很简单，一磨一鏊而已，极不起眼的物件，却大有来头，清·蒲松龄的《煎饼赋》："煎饼之制，何代斯兴？磨如胶饧，扒须两歧之势，鏊为鼎足之形。"石磨据说是春秋战国时期鲁班发明的，三足鼎立的鏊子为何人研制，不得而知，寻常之物总会有不寻常之处，人多习而不察，煎饼的滋味可谓悠远绵长。

小麦、玉米、适量的黄豆，用清水淘洗干净，混合加水，上磨碾磨成糊，有时也添加些许山芋干，山芋干者，山芋刨成片晾干而成，上磨之前，需用水泡软，用刀剁碎。杂粮成糊的过程，俗称推磨。推磨对我来说，并不陌生，尝戏称赶磨山集，多是在黎明进行，此时，村庄尚在夜幕的围拢中，天幕之上缀满着闪亮的星星，呼呼的石磨声，踏踏的脚步声，偶或几声鸡啼、犬吠，而今想来，真是充满了田园诗般的风情。

磨好糊子之后，鏊子便开始大显身手了。鏊子的半径通常为尺二，你可以想象一下，一张煎饼有多大。蒲松龄的《煎饼赋》："掬瓦盆之一勺，经火烙而滂澎，乃随手而左旋，如磨上之蚁行，黄白忽变，斯须而成。一翻手而覆手，作十百而俄顷。圆如望月，大如铜钲，薄似剡溪之纸，色似黄鹤之翎。"我还要加上几句，软和如面，柔韧似鞭，任意拉扯，佐以小菜卷成条状，双手抱着往嘴里送，大口咀嚼，粮食的本味氤满齿津，享受美味之外，顺便锻炼了面部的肌肉，坚固了牙齿。

在人们的印象里，煎饼卷大葱，那是山东人的吃法。在邳州，佐煎饼的小菜，首选辣椒炒烤（读去声）鱼。烤鱼，小杂鱼烤制而成，小杂鱼就是南方人所言的猫鱼，别小瞧它，那些小杂鱼乃产于沂河之中，沂河发源于山东沂蒙山，水质清纯，小鱼通体银亮，需用细眼网方能捕捞到，洗净上锅烤制半熟，晾干，装在密封的罐里，随用随取，辣椒最好是小尖椒，青红紫皆可，切成丝，锅红油热，放入烤鱼炒脆，置葱姜，之后放辣椒，添加些许调料，装盘，此时，取出一张煎饼，卷上它，一口下去，**鲜辣香酥**，不能自已，直吃得满头大汗，**畅快淋漓**，鼓腹方止。其次，辣椒炒粉条，据说粉条中含明矾，明矾遇辣椒中的辣椒碱，如火上浇油，辣椒变得更有杀伤力，卷入煎饼之中，吃起来，开胃过瘾。

如果你去邳州，大街小巷，满是煎饼小吃摊，因市场所需，花色品**种繁多**，煎饼不变，煎饼所卷的菜，可任君自助挑选，时令野菜鲜蔬，应有尽有，挑好选定之后，混在盆中，加油放料，卷入煎饼，在鏊子上二次加工，皮脆菜香，营养丰富，吃过，定难忘记。

我每次回邳州，朋友小聚，无论多么丰盛的宴席，最后的那道菜定是辣椒炒烤鱼，饭一定是杂粮煎饼，拿起煎饼卷烤鱼，便不由得想起读书时，背煎饼去学校的情景，吃在嘴里，香在心中。

长江刀鲜

长江刀鲜，就是长江刀鱼。

物以稀为贵，刀鱼而今摇身一变而为"仙"了。刀鱼，鳞极细，如银,其体修长似刀,由而得名。

《扬州画舫录》载:"三江营出鲥鱼,瓜洲深港出刀鱼。"三江营在江都,是淮河入江之处,那里的鲥鱼而今绝迹了,不过,每年的三四月间,瓜洲沿线的江面,总有一些刀鱼顽强地从大海深处洄游至此,这片江面宽阔,虫藻丰盈。当然,它们在此不过稍作休整,再溯洄而上,繁衍生息。

长江刀鱼最鲜的时候,一如新茶,是在清明之前,故扬州有"刀不过清明"的说法。"扬子江头雪作涛,纤鳞泼泼形如刀。"清明时节,春山如黛,江涛如雪,渔舟破浪,一网之下,刀鱼闪动如粼粼碧波,不吃也会有几分醉意了。俱往矣,而今一提刀鱼,便有"奢望"一词跳到目前,怕是我辈很难夹得动它了。

其实,长江刀鱼,在过去实乃平常之物,犹如飞入寻常百姓家的春燕。记得小时候,吃刀鱼并不算回事。刀鱼多刺,吃时大都是清蒸,洁白的瓷盘之上,躺着几尾清亮亮的长江刀鱼,感觉仍作溯游之姿,或许母亲怕我们卡刺,通常是左手以筷夹住鱼头,提起来,右手用筷子从鱼头处贴着鱼脊有力一抹,直至尾部,鱼肉便塌泥般掉将下来,扦一块入口……而今想来,似乎口中仍有余香。

我一直以来,都以为长江刀鱼,如是吃法而已。后来,翻阅书籍,始知自己的孤陋寡闻。《调鼎集》载有鲥鱼圆、炸鲥鱼、炙鱼、鲥鱼汤、鲥鱼豆腐等十多种做法,从《随园食单》里还见有:"刀鱼用蜜酒酿,清酱放盘中,如鲥鱼法蒸之最佳。"看来袁枚亦喜清蒸,另说:"金陵人畏其多刺,竟油炙极枯,然后煎之。谚曰:'驼夹背,其人不活。'此之谓也。"看来袁老夫子对此吃法,颇有不满,吃也是一种文明。

刀鱼多刺,民间去刀鱼刺的方法,似乎多种多样,有一种方法——

刀鱼饭，颇觉得有趣。此法是将刀鱼钉在锅盖之上，过去年代的锅盖都是木制品，简单易行，饭熟了，鱼肉也已酥烂如泥，纷纷掉落锅中，空余鱼骨架子于锅盖之上。民间智慧，大都来自实践，坐而论道，恐怕怎么也想不出来。

由于众所周知的缘由，长江刀鱼几近濒临绝种，而今如此这般写来，望梅止渴吧。期望着有朝一日，这长江刀鲜能重现往昔繁荣，鱼丁兴旺，也好让我试一试，那久已失传的刀鱼饭。

油菜花儿开

油菜花，我喜欢。

不经意间，油菜花就把春天推向了高潮，我不敢想象，春季若少了油菜花，会是怎样的一番情景，我想至少会让人觉得清冷。油菜花的热烈，喧闹，大大咧咧的气派，是所谓百花仙子身上所不具备的。油菜花，花中的"草根"一族。

油菜花，从来不挑地，种子撒落之所，秧苗所丢之处，田间地边，山坡岭头，河滩大淖……皆能随遇而安，且能把那种乐观向上的精神，传递给身边的花草杂木……

天南地北，城郭郊野，穷乡僻壤，即便是你怎么想也不会想到的地方，它都能想到，殷勤备至，它所到之处，春便不会羞羞答答。春日，我曾乘坐列车，北上南下，列车奔驰着，山川河流一律逆着时针从我的眼前一栅栅划过，柳枝才抹鹅黄，草色影影绰绰，红花蓝朵偶或点缀，瞅着瞅着，眼便倦了，心便厌了，此时，明黄黄的油菜花就会适时拥向车窗，眼睛立马被目前的金黄点亮，心为之激动莫名，远远近近的油菜花田，三角形，长方形，正方形，菱形，圆形，梯形，无规则形……就像围棋的眼，整个大地都盘活了，像一只奔跑跳跃的八角梅花鹿。

油菜花，如何会有如此的魅力？它的身上有何过人之处呢？

细细想来，油菜花的播种，生长，开花，结籽，似乎很寻常，也许正是这些不起眼的平常累加，造就了油菜花非凡的辉煌。

一般农作物，大都是春播秋收的，油菜花，却是头年秋撒种，老农随便开垦一片土地，哪怕是在路牙边上，细小溜圆的油菜籽，鱼子一般细小，却有着强大的生命力，无论多大的土坷垃，无论多粗粝的石子，对菜籽来讲，都不是问题，细细的芽，见缝插针，及至出叶，便把厚密的油菜秧拔出来，随手栽在他处，秧苗似乎也从不挑剔地点，就着秋露，顽强地生长着。冬天，即便是粗壮的乔木也大都休眠了，油菜花却不，只要有冬阳轻轻地爱抚，它就会不停地生长着，它把冬雨作为甘霖，视大雪为棉被，根拼命地往土里扎，铆足了劲，等待着春天……

不知因何，看到拥抱春天的油菜花，无端地想到在地铁卖唱，唱到春晚的小月；想到在东北风里搬着砖头，却爱唱春天里的旭日阳刚；想到在流水下走上星光大道，把民族风炫到海内外的凤凰组合；想到"以一米见方的铁皮家当，为慈善煽风点火"的阿里木；想到最美女教师张丽莉；想到传承雷锋精神的矿工郭明义；想到我们小区门口做烧饼油条豆浆的阿二……

春天的百花园中，不能缺少油菜花，其魅力正是它本身所具的"草根性"，正如社会大家庭中，不可或缺蕴含在平凡中的正能量，可歌可泣的励志精神。油菜花开了，开得清纯，朴实，真诚，热烈，因而，春天让人倍感亲切与温暖，名副其实。

冬之花断想

雪，冬日里开放的花，我唤之冬之花。

它的根盘踞着坚硬的大地，氤氲的水意是它的枝干，不用说，叶片就是长空那飘逸的云朵，雪花是种生，当然便会有种子，我想雪花的种子，一定是春日里那点点残雪，隐在山脚河滨，篱边树下……当西北风吹起，木叶凋尽，它便开始发芽、抽枝、打朵、开花，都说落叶归根，其实雪花也归根，每片都飘向大地。

北风吹，雪花飘，天愈冷，雪花愈是怒放。微风中，雪花柔曼地飘旋着，纷纷扬扬的，在空中舞之蹈之，尽显着它妖娆迷人的风姿，不由得让人想到优美的华尔兹，北风渐紧，雪花如急促的音符，纷繁杂乱，雪花漫卷，漫卷，多么恰当的词语啊！望着雪浪花滚动、翻卷，耳边似乎响起了万人跳踢踏舞的声响。

雪花，有着水的品质，散发着独特的清冷气息，与梅花的暗香互为表里，它晶莹剔透，不染纤尘，《红楼梦》中，妙玉善以梅花雪煮茶，雪花以遗世的姿态飘落人间。

北风之中，雪兀自开放着，它或许还不知道自己有多么美，它只知道尽情地舞动着衣袂，当它忘情绽妍之时，有些树木摧折了，有些校舍房屋坍塌了，有些道路封堵了（不过出行缓些而已）……于是乎，美丽的雪花，被人们扣上了"雪灾"那顶无须有的帽子，这恐怕是它始料未及的吧。

雪花似乎并不在意，冬天，它的花期，它只是适时而放，谁都无法去遏制它，更何况它又没碍着谁什么，它不慌不忙地飘落着，不着急，人却急了，"按钮"的时代，人们习惯了选择，似乎忘记了，有些东西是无法选择的，吹皱一池春水，干卿何事？

唐朝诗人杜甫的《茅屋为秋风所破歌》，诗曰："八月秋高风怒号，卷我屋上三重茅，茅飞渡江洒江郊，高者挂罥长林梢，下者飘转沉塘坳……"诗圣杜子美淡然的心态去描绘卷他茅屋的秋风，似乎没有半点怪罪秋风之意。雪花像一只可爱的候鸟，每年冬季，它就会飞临人间，飘飘洒洒，满山遍野，这是尽人皆知的事，俗语曰：饱带干粮，晴带伞。大约相当于成语未雨绸缪吧，它快快乐乐地来了，我想它不会成心找我们的麻烦吧。

冬日里，孩子们盼望着雪花飘落，雪花绽放着他们的快乐，堆雪人，打雪仗，溜滑道，有了雪花的冬天，寒冷的气息似乎就减弱不少；老农也盼望着雪花，轻轻飘落的雪花，为越冬的植物悄悄地盖上了一床和软的被子，还为它们提供充足的水分，同时还会冻死那些害虫的虫卵，瑞雪兆丰年，雪花是大自然降给人类的祥瑞之花。

季节的更替，冬季似乎最刚硬严肃，当雪花怒放时，冬天便有了别样的感觉，洁白的雪花漫天飘飞，尽情地挥洒着它的本真，铁石心肠都会被感动，谁会拒绝真诚呢？我想雪因而美丽，因而称花。

第三辑 开花的油灯

扁　担

扁担早在元朝时，便被王祯录入《王祯农书》中，"禾担，负禾具也，其长五尺五寸。剡扁木为之者谓之软担，斫圆木为之者谓之楤担……"小小的一根扁担，可谓是农耕时代的标本。

农具中，扁担似乎跟文艺很有缘，电影《牛郎织女》中，牛郎担着孩子追织女。牛郎若不用扁担，直接抱着孩子，或手拎着筐子去追，效果肯定是要打折扣的。

寻常的扁担有着深入人心的力量。扁担就像它的元祖树一样，扎根底层，用现在时髦的话说，就是它极具草根性，扁担是树木的子嗣，因而更亲近泥土，亲近山野乡村。

晨昏，姑娘挑着水，踩着细碎的脚步，风摆杨柳般，扭动着腰肢，不知比走T型台的模特美上多少倍呢，这一幕，在过去影视作品中常出现，不知还有多少人会留意。过去，在乡村，简直是司空见惯的事。

"累累禾积大田秋，都入农夫荷担头。"一根扁担，二人用曰抬，一人用叫挑。在农业没有实行机械化之前，扁担是家家必备的农具之一，简约不简单，经济又实用，用熟的扁担犹如相知的老友，多日不见，亲切得不得了，擦拭，抚爱……扁担经过主人的日久天长的手泽，似乎通了灵性，成为人身体的一部分，肩挑重物时，扁担颤颤巍巍，吱吱嘎嘎地歌唱着，挑夫便自觉轻快了许多。

一人挑不动的东西，便需要二人抬了，扁担插好，一二起，步调一致，随着扁担的吱嘎声，犹如舟行水面，左摆右摇，甚是可观，估计是现在所谓的行为艺术的鼻祖，默契的配合，心向一处想，劲向一处使，扁担是平衡的支点，俗话说，前高后矮，压死老拐。

汪曾祺曾在小说《大淖纪事》中有这么段情节："单程一趟，或五六里，或七八里，十多里不等。一二十人走成一串，步子走得很匀，很快。一担稻子一百五十斤，中途不歇肩。一路不停地打着号子。换肩时一齐换肩。"那种情景，儿时，稀松平常，春天下田匀粪，乡间崎岖的小道上，挑粪的人，排成一条长龙，蜿蜿蜒蜒，遥遥一望，颇为壮观。

不记得从哪里学来的俏皮话，每见肩挑人抬者，便大声唱着，"（扁担）两头一颤，中间压蛋""（扁担）两头一挑，中间压吊。"……每次，大人便大笑着粗声大气地呵斥。

及至我长大一些了，去河里跳水，行走在路上，不由得会联想到那些俏皮话，便有意识地用肩颤动着扁担，暗自地发笑。

前些年，在运河的码头看到挑夫挑砖头装船，一根跳板横搭在船舶上，仿佛是一根躺着的扁担，挑夫抬着两摞砖头，踏在跳板上，走钢丝般，我看着都会心惊肉跳，换上我，便是空身走上去，怕也会掉到河水中。挑扁担不仅要有气力，还要有点技术，人要同扁担有着某种默契，熟能生巧，就像推独轮车，空有一身蛮力，没用的。

而今，留给扁担的舞台越来越小了，最多在偏远的山村出演，或在城里客串一把，比如"棒棒"。一根扁担，诠释了劳动的美，每想到它，眼前便会浮想到井台挑水的姑娘，岁月弥久，挑水的姑娘似乎愈加青春靓丽。其实，那位挑水的姑娘，我应叫她奶奶，或者妈妈了吧。

缸

前段时间，回趟老家，见廊檐下排着几只水泥缸，大大的肚子，空空如也，不禁感慨系之。

缸，有陶制品、瓷制品，后来又有水泥制品、玻璃制品……在乡村，陶缸，缸体小，盛小红豆、小绿豆、黄豆、芝麻之类的小粮食。瓷缸的用途广，据缸体的大小，有盛腌菜的咸菜缸，盛水的水缸，盛粮食的粮食缸。盛粮食的缸，俗称金刚腿子，缸体大，小麦足足能装四百斤余。

小时候，水缸似乎家家必备，都放在院子里，有条件的人家，有缸盖子，通常是木制品，也有用梃子（高粱的稍）穿成的，多数人家是敞开着的，常有落叶浮在缸水上，缸里的水，多是在河里挑来的。那时，井水很少有人吃，河水是长流的水，甜，不像井水，涩、碱，有时，河里涨水，水浑浊不清，便用劈开的高粱秸夹着块明矾，在缸水里搅一搅，此事，我最喜欢干，有一段时间，就盼望着河里涨水，手攥着高粱秆，把水缸里的水搅得泛着漩涡，极有趣。有时，在外玩渴了，随便推开谁家的大门，跑到院子里，咕咚，咕咚，来一水瓢，家主见了，说，锅里有凉茶（冷开水），不要喝凉水，谁会听从呢？回一个笑脸，夺门而出。

院中，除了水缸，还有咸菜缸，在屋山墙的背阴处。平时，没有客人来，是不动小锅的，吃饭时，便到咸菜缸边，捞咸菜卷煎饼，夏秋时节，饭桌都省了，蹲在院子中，抱着煎饼吃，喝了，舀一瓢凉水，水足饭饱，该干吗干吗去。

那时，屋里是陶缸，是细粮的存放地，像小麦，大米……不知何时起，家里添置了大瓷缸，而今想来，应该是分田到户之后，家里的粮食多了，没有地方存放，父亲还是有点商业意识的，他砍伐了自留田边的树，打了一副加长版的平板车架，做瓷缸的生意，从山东的枣庄一带的缸窑厂拉来瓷缸，到沭阳一带换小麦。

记得那年暑假，我好奇心驱使，非要跟着父亲去，母亲说，带着给你看车子，父亲纠缠不过，便只好带着我。我拉着偏经，绳子都打网，根本就吃不上力，半道上，我的兴奋劲就过了，方才觉得前路好漫长，原来走路也不是那么简单的，父亲只好把我抱在车上，夏日，柏油马路泛着水雾般岚气，见父亲弓着背拉车，脊背的汗水湿透了小褂。

没两年，大瓷缸就被水泥缸所淘汰，水泥缸，成本低，又大，一只水泥缸所装的粮食是大瓷缸的两倍，就是说一只水泥缸可装小麦八百斤，水泥缸风行的时候，父亲买了四只，装三千余斤的小麦，小菜一碟。

父亲置办这些缸时，是当作祖业货的，他用二号铁丝箍好每一只缸口，以期千秋万代，有了这么些大瓷缸、水泥缸，装满了粮食，吃就不用愁了，吃不愁，穿就更不用愁了。有时，父亲感慨着：好日子，都让你们赶上了。

俗话说，十年河东，十年河西。父亲万万没有料到，就像水泥缸淘汰大瓷缸一样，水泥缸的命运比大瓷缸更惨，直接无用武之地，与水缸成了一对难兄难弟，自来水的笼头一拧，水就来了。官出民，民出土。

成了老皇历。土地被征收，粮食买着吃。

倒是小巧精致的玻璃缸，走进了农家，始料未及，过去，只有在电影中偶尔见到，似乎遥不可及。父亲一辈子好花草虫鱼，院中种植花花草草，不起眼的那种，咸菜缸里种满金黄小朵的太阳花，有的，还是在河边挖来的枸杞，种在小陶缸里，已修剪成形，别说，与陶缸很配。屋里的八仙桌上放着养金鱼的玻璃缸，倒是显得不伦不类，不过，大红尾巴金鱼倒是没有什么感觉，悠然地在缸里游着。

火盆·烘篮

按常理，是秋追赶着冬的，可实际的情况是，冬把秋整个地吞噬了，空余下挂在枝头的红柿，望穿秋水，几只黑色的练鹊，撒在蓝天的背景下，它们的目标便是红通通的柿子，雪花紧接着就在大地上绽放……

这幅冬的景象，梦一般，总觉得来自于童年的记忆，似乎又无凭无据，事实的情况是，随着冬的到来，火盆、烘篮，这些熟悉得如此陌生的词汇，带霜的落叶般，重重地撞击着我尘封的记忆。

火盆，早在秋后，就开始制了，我肯定没有亲手制过，至于是否亲眼看见过，说实话，我也不敢肯定。现在，我来描述火盆的制作，有一点可以肯定，因为我冬日受益于火盆，曾很长一段时间与其相伴，或因熟而知。

粮归仓,草归垛,此时,农人已洞悉,冬已在不远处,张开狮口,于是,便在秋冬之交的空闲处制火盆。院中,挖一盆形的模坑,用黄土掺头发,或麦草,加水和泥,软硬要适度,然后,在模坑匀厚度地漫上泥,几天后,起出来,在背阴处阴干晾透,一只火盆就大功告成了,大约类似而今安装好了空调。

交冬数九时,火盆就开始有了用武之地,火盆一般都放在堂屋的中央,草屋土墙,门远没有现在门那么严密,何况那时的门头还留有燕路,以方便燕子出入,因而,大门上要挂一副草栅子,或稻草栅子,或麦草栅子。光线弱弱地从草栅子上漏进屋里,一家人,或有串门的乡邻,围着火盆,木柴的火苗,舔着空气,屋内,热烘烘的。

奶奶戴着老花眼镜,做着针线活,母亲抱着弟弟,与奶奶有一句没一句地闲话着,谁家的媳妇生了,谁家的猪卖了多少钱……随手添几根木柴。新柴起烟,呛得孩子哭天抹泪,好了,好了,母亲边说边用嘴吹火,火苗起时,烟也散尽了。有串门的人来,客气地让座,话便密了起来,身边的人事,顺带着点评,我喜欢听这样的闲话,闲话不闲,都是些朴素的儒家之道,潜移默化,让我受益终生。

最喜欢晚上,大门关上,火盆里的火似乎比白天更令人欢喜,蓝苗红心,有种言不出的亲切。父亲坐在火盆旁,叼着香烟,烟火明灭,烟雾缭绕,如同父亲所讲的故事,温暖而有味道,说,很久很久以前,一位穷书生在山中得到白胡子老者的赐物(老者因何都是白胡子,这样想,却不敢问),一只小小的纸船,可变大小,当年夏,发大水,书生就用那只宝船救人,救蚂蚁、蝴蝶、蜜蜂……故事很长,好像听了整个冬天,而今想来,与那些家长里短的闲话有异曲同工之妙。

村里有个窑场,烧窑的窑灰,就是小麦草的草灰,父亲在窑场装些回来。夜深了，上床睡觉前，把窑灰实实地压在木柴的余火上，余火慢慢地引燃窑灰，可以烧到天亮不灭。

那时，还没有计划生育，每家的孩子都不少，我们兄妹五人，小孩子尿床，那会儿尿不湿大概还没诞生，又没有烘干机，就用烘篮。烘篮一般用刺条子编制的，半球状，大小与火盆口同，可自己编，也可到集市上买，集市上有的卖，什么样的规格型号都有。

尿布尿湿了，洗过之后，或干脆不洗，便放在烘篮上烘烤，这些活多是奶奶来做。夜已经很深了，奶奶还端坐在火盆旁边，在烘篮上翻动着尿布，或是潮湿的裤裆，任凭风在屋外呜呜地刮。说来真有意思，树叶细枝都脱尽了，就剩下无多的树枝，竟能吹得如此得响，轰隆隆，如打雷。其实，冬天的风，很清，月亮也很白，很亮，可无人待见。

我们兄弟仨睡的是地铺，一根粗棒在外边拦着，里边铺满了麦草，厚厚的，很软和，没有褥子可铺，奶奶就会在烘篮上烘几块碎布给我们垫在身下，然后，在火盆的温暖下，进入梦乡。

现在说起来，做梦一般，火盆、烘篮，也只有在梦里，方能见到了，这还得靠运气，不知可否还能梦见那些冬日的场景，唯恐梦中不遇，故做笔录。

那把砂壶

说到砂壶，人们通常会联想到"紫泥新品泛春华"的紫砂壶。紫砂壶一向很牛气，可归"古董"一类了，我文中的那把砂壶，身份低微，无名无分，却是有着自己的故事。

故事的来龙去脉，且听我慢慢道来。过去，也就是四十多年前吧，农村还是公社化，俗称大集体，其实就是平均主义的代名词，平均主义本身是美好的理想，用当下的网络流行语说，理想很丰满，现实很骨感，种粮的农人常有无米下锅之忧，偏偏赶上洼地多蛤蟆，穷人多孩子，都张着嘴等食。

没的好吃的，甚而没的吃。哺乳期的母亲自然奶水就少，喂孩子就要搭些饭，我的母亲自然也概莫能外。我记事时，见奶奶烧水，就会在锅里放一只纱布小袋，袋里装着大米，水烧开了，纱布小袋里的米也就熟了，瘪瘪的小袋子，变得鼓鼓胀胀的，捞出来之后，倒在粗糙的大瓷碗里，留着喂嗷嗷待哺的弟弟。

纱布袋很小，所盛的米自然不能多，可水却是一大锅，母亲常感叹，米油都跑到锅里去了，米还有什么营养。父亲说，抽空我到供销社买把砂壶，我早就有这种想法，就是一直没攒够钱。

就这样，那把砂壶就被我父亲从供销社带回了家。那把砂壶，青灰色，纺锤状，半月形的壶把跨越壶口，壶嘴呈不明显的侧立单括弧，笨拙的样子，因为壶体小，更重要的是它的肚子里装着米粥，而格外地讨喜。看着它，似乎就等于看到了娘亲，俗话说有奶便是娘，估计是从实践中得来的，其实，我以为这是在非正常的情况下，人性的迷失。

就是那把小小的砂壶，喂养了我的两个弟弟，一个成了电气工程师，一个成了高级教师，我常常低一眼，高一眼地看着母亲用调羹从砂壶中舀米粥喂弟弟，垂涎三尺，母亲看不过去时，便会白我两眼，无奈地赐给了我一口，我也受惠于砂壶，大概是砂壶想让我报答其恩惠，成全我做了作家，好为它写小传。

我们长大了，奶奶却病倒了，没承想那把砂壶成了熬中药的用具，坐在煤炉上，母亲给奶奶熬中药，水汽从壶嘴中喷射出来，一股令人掩鼻的难闻的中草药的气味，见母亲往砂壶里倒草药，草药里边居然还有知了壳。一次，母亲让我把药渣倒在路边，回来不小心跌跤，砂壶抛了老远，当时把我吓坏了，要把砂壶打碎了，屁股肯定是要挨巴掌的，还好，只是壶把摔断了，并不妨碍壶把的功能，我已做好挨揍的准备，不知因何，那天父亲格外开恩，没有动我一根指头，父亲说，壶把断了好，说明你奶奶的病也就要好了。估计药力见效了，奶奶的病从此真的就渐渐地好了起来。

后来，左邻右舍，谁家有人生病，需要熬中药，就到我们家来借用，那把青灰色的小砂壶，无腿却跑遍了整个村子，走着走着，它就走迷失了，再也没有走回家来。有时，奶奶偶会提及，也不知那把砂壶落到谁家了，语气中透着不舍与惦念。

有时，看到央视三套的鉴宝栏目，我就会莫名地想我们家的那把砂壶，若是不走丢，还是待在我们家里，说不定传到若干代之后，也就成了后人的传家宝贝呢。砂壶，其实本身并非价值连城，即便是名贵的紫砂壶，若没有机缘的点化，若没有岁月的积淀，若没有文化的润泽，不过一把壶而已。说白了，沧桑才是最大的资本，砂壶如此，人亦如此。

牛　槽

　　我在电脑上敲牛槽二字时，没想到竟是词组，惊喜之余，又有点莫名伤感，而今，牛槽恐怕只是一个概念，或者说是个标本存放在文字里，就像风干在诗经里的那些农具，我想有必要把自己记忆中鲜活的牛槽呈出来。

　　牛槽，顾名思义，牛吃草料的槽子。牛槽大约是人们约定成俗的叫法。其实，牛槽亦可以喂驴、喂马，总之是大型牲口的餐具，不过，很少有人称之为马槽或驴槽。至于因由，不得而知，估计牛的憨厚的品性，让农人喜爱，爱屋及乌。

　　我所见到的牛槽都是石质的，红石，大约红石的硬度比青石要低，容易制作吧。牛槽底窄口宽，口宽米余，高约六十厘米，长约二米半的样子，模样呈斗状的长方形，一口牛槽的重量，少说也得有半吨，放在地上，沉稳，厚重。公社化的时代，以生产队为基本单位，牛马之类的牲口便是生产队的生产资料，生产队理所当然地要保护好这些生产资料，便有了牛屋院，牛槽是院中必备物件。

　　牛屋院也是聚人的地方，尤其是在冬日，在牛屋里烤火、下棋、玩纸牌、闲话，院中的大草垛又是鸟雀的天下。不过，最醒目的还是牛槽，通常两个排在一起，两端埋上木桩子，一根细长的棍搭在木桩之上，就像公交车上的抓手，以便拴牛之用。牛的饭点到了，饲养员便把牛——从牛屋里牵出来,把缰绳系在横棍上,添草、加料,黄牛、青灰色的水牛,便甩开红红的大舌头,往嘴里卷细麦草,尾巴还不住地摇着,偶或抬起头来,漫无目的地望一望,用力地晃一晃硕大的脑袋,又把头埋进牛槽中,继续食草。此时,牛屋院中寂静得只剩下,牛食草所发出的沙沙的声响,类似夏夜庄稼拔节的声音。儿时,我就喜欢在牛屋院里看牛吃草,按理说,牛吃草有何看头,怎奈架不住童心的好奇,直到牛把草料吃光了,把牛槽舔得光亮。

牛离席了,牛槽便是孩童玩耍的战场,在窄窄的牛槽沿上,走钢丝一般,你追我赶,看谁跑得快,不掉下来,或在牛槽里玩捉迷藏,或以牛槽为屏障玩打仗,在牛槽里战军棋,学会写字时,在牛槽的帮上,沿上,写打倒某某,某某是大坏蛋之类。红石的底子,白色的痕迹,歪歪斜斜的大字,透着爱恨分明的童心,若追溯我的文字发表史,估计应该从牛槽开始,肯定也有过抄袭的经历,床前明月光,疑是地上霜……也许是锄禾日当午,汗滴禾下土。谁知盘中餐,粒粒皆辛苦。不是没有可能,不过都消失在岁月的长河里了。

长大之后,分田到了户,也不知何时,牛从我的生活中消失了,牛屋院子似乎也完成了它的时代使命,牛去院空,空留下,几口牛槽子孤零零地待在院中,牛槽里积满雨水,孑孓在发绿的水中扭动着身子,偶有几只麻雀飞来落到牛槽上,蹦跶一圈,目的好像不是去喝水,大约只是闲着无聊,就像童年时看牛吃草一样,觉得在牛槽上蹦跶蹦跶,有趣。不知从何处来的鸡,大约是冲着牛槽中的水,牛槽的四周长满荒草,与整个牛屋院连在一起,去拥抱前来的脚印,可惜留下的脚印太少,曾经热闹一时的牛屋院,冷落如此。

后来,队里抓阄分财产,不知因何,父亲让我去抓,我果然身手不凡,抓到一只牛槽。这只牛槽一直存放在我家的门口。

有一天,我回老家见门口的牛槽不见了,问父亲,牛槽被父亲借给人喂马了,现在谁还喂马啊,原来喂马是为了游客骑,或让游客牵着留影,赚钱的。我对父亲说,牛槽现在多稀罕,况且牛槽这么大,用整块石头凿出来,想想该是多么浩大的工程,花费多少位石匠师傅的劳作,现在恐怕市面买不到了,赶紧要回来,放在家中装土养花也是好的,物以稀为贵,说不定,若干年后,牛槽就是古董了,可放进博物馆的,我正着手写老物件的系列文章,牛槽可是件实物。

父亲却面有难色,说好了借给人用,怎好要回来,我就没再言语。不过,临走时,我又去看一看牛槽,暗红色的大石槽依旧是往昔模样,回头,我又对父亲说,借给人用又不是送人,有机会,要回来,弄坏了,就永远地没有了。牛槽,在我的心底还是有几分眷恋与不舍的,我知道。

碌 碡

院中,立着个碌碡,晾晒东西时,便会把竹筐子放在其上,除此,好像也没别的用处了。有时,小孩子摸着一棱一棱的碌碡,感觉到好奇,却不知其为何物。

曾有不少小家伙问,我都不知怎么回答他们,不过,还是要回答的,回答的过程,也是我回忆的过程,对孩子们来讲,无疑是在听一个久远的传说故事。

碌碡主要的任务是滚动。

我总是先这么回答,小家伙们都会嘎嘎大笑,他们一定以为我在说笑,事实确乎如此,我还告诉他们,我像他们那么大的时候,陶制的小碌碡,是一种很有趣的玩具。

玩具,总是有其时代特色的,若想准确地把握某个时代的脉搏,研究一下那个时代的玩具,或许能切中命门。作为农具,碌碡大行其道时,村里烧窑,窑匠师傅曾用他那双灵巧的手,制造了大量的碌碡玩具,为大集体增加GDP。

陶制的碌碡,碌碡的迷你版,表面刻出棱,两端有孔眼,只不过玩具碌碡是空心的,为了增添其趣味性,空心里放着一枚泥丸,烧制好后,青灰色,滚动中,泥丸与碌碡四壁相击,发出当当的脆响,很悦耳。

玩具碌碡,大约能启蒙孩子们热爱劳动,寓教于乐,潜移默化,比生硬的说教,不知要强多少倍呢。

碌碡派上用场的时候,一般都在夏秋两季。

夏日,小麦成熟了,收割下来的小麦被拖到大场上,用铡刀把麦穗切下,剩下的麦秸腿被撂在一边。抓住要害,这是靠天吃饭的农人的经验,带穗的麦草晾晒在大场上,待干透了,便用碌碡压,那场面,而今想来,如在目前。

一棒碌碡,用牛、马、驴拉,也用人力拉动的,用人力拉时,一般都是四五个人一棒,有男有女,说说笑笑,丰收的喜悦之情,都洋溢在眉宇之间,麦场上滚动着碌碡,一圈一圈,不厌其烦。滚动过程中,有人不住地翻动麦草,不让一支麦穗心存侥幸,所以说,带着麦穗的麦草，俗称麦瓢子。

秋日，大豆上场了，豆角便在碌碡的吱嘎声中，咧开了嘴，滚满场，如同拉碌碡农人明快的心情，场面松软处，常有豆粒被压进土里，阴云布天，毛毛细雨便飘落了下来，干天地晴时青白的土场，慢慢地浸满了水，场变得油油的黑，不两天，便可以到场上拔豆芽炒了。

曾有那么几年，用拖拉机带着碌碡压场，孩子们爬进车厢里，碌碡跟在车厢的屁股后边跑。有时，想起那一幕，就想发笑，一个古老，一个现代，居然能完成一个美妙的组合。

农闲之时，碌碡就懒庸地躺在大场，没卸木框时，孩子们便骑在碌碡上，两脚来回地蹬着木框子玩耍，像蹬着脚踏车，似乎真的能奔跑。伙伴们比赛着，用力地蹬，越蹬越快，双手张开着，嘴里嗷嗷地大叫着，快活无比。

更多的时候，是一群小伙子，青春勃发，力气没处使，便把碌碡当作发力的对象，先是掀动碌碡，让其竖立。双手扣住碌碡的一端，猛地一用力，碌碡立了起来，人脸也憋得通红，也有人掀到半道，无力继续，只得半途而废，红着脸，摇摇头，甩甩手臂，下下腰，卷土重来。力气大者，掀起，放倒，再掀起，再放倒，一口气可以连续掀动多个，一片叫好声中，大有庖丁提刀四顾的快意。

我就有过掀碌碡的历史，一口气的纪录是多少，已不记得了。

碌碡，新石器时代的遗物，农耕文明的亲历者，现在，只能是旁观者了，连碌碡玩具也成了稀有之物，孩子们不知晓，似在情理之中。

笆

在一本杂志上，邂逅一幅黑白照片，一只竹笆挂在单杠上，一个人抱着笆把打坠，感觉如遇故人。

笆，与我睽违久矣，乍见之下，似有一肚子的话想倾诉，一时之间，却又不知从何说起。说实话，笆，早就尘封在我记忆里了，平时，是不会想到它的，不过，想不到，并非把它遗忘，拂去时光的尘埃，"自将磨洗认前朝"。

笆，按其制作材料，可分为竹笆、铁笆；其规格有大、中、小，不同型号，其形状通常呈不明显的梯形，笆齿部分比笆肩略宽，也有扇形的，属于迷你型的，精巧别致，拿到手里，轻便，它的作用却不可小觑，这个待会儿谈。

小的时候，放学后，书包往院中一扔，便按照大人的吩咐，扛着竹笆，挎着篮子，去河边搂柴火。河边的青草如茵，说来不可思议，就像一块磁铁在沙堆里来回搅动，就会吸到细碎的铁屑，笆在草地上来来回回梳理。嗨，不一会儿，竹笆上就爬满了柴草，把柴草卸下来，装在竹篮里，好让竹笆轻装上阵，如此反复，不久，搂到的柴火就把竹篮子装满了，天色尚早，就可以随心所欲地玩耍。其实，搂柴的过程也是玩的一部分，两三人在一起搂，竹笆与竹笆经常要发生碰撞，摩擦，谁的笆大，谁就占便宜，就这么，笆与笆之间，你来我往，战事不断，一方吃亏了，战争就由笆转到人，笆一丢，两人就扭打一处，直打得难分难解，不分伯仲，然后，相视一笑泯恩仇，捡起竹笆，继续搂柴火。

其实，搂柴火，不是小孩子的专利，大人也搂柴。大人搂柴主要集中在夏、秋两季，夏季搂麦茬，秋季搂豆叶。

夏季，小麦收割完毕，地里的麦茬就分给社员铲。一家多少垄，小铁铲安上两米多长的铲杆，这样铲起来，省力又不用弯腰，把麦茬铲倒之后，就用竹笆搂。这时候，就会用上扇形的小竹笆了，笆小搂得快，好掌控，以免搂过界，因搂麦茬而相邻吵嘴打架的事，时有发生，人不为己天诛地灭，蚂蚁腿也是肉，为了生存，也是没有办法的事。

待家家的麦茬都捡拾干净了，就可以随便下笆搂了，这时，铁笆就有了用武之地，铁笆通常都是自制的，宽约两米，铁笆底下系着竹栅子，可存柴，这样的大铁笆，非年轻力壮者不能为。白天干活，搂柴通常在夜间，用手电筒照着，我的一邻，家中制一副大铁笆，一麦季搂下来，可搂一垛的麦茬，很让四邻眼红。

秋季，黄豆上场之后，地里的豆叶，也要下分给社员的，人们搂完之后，便无禁忌了，不过搂豆叶，不是大铁笆的强项，豆叶脆薄，铁笆的耙齿很容易穿着豆叶，影响上柴速度，此时，大竹笆就可以显身手了。

所以，竹笆、铁笆，几乎每家必备。不过，在集市上买的铁笆，大都是小号的，很长一段时间里，我都用小铁笆搂柴火。铁笆的好处是，能随高就低，不像竹笆那么死板生硬，铁丝有弹性，这是竹质所欠缺的。

都说，有粮吃便会有柴烧，一点都不假，古时行军打仗，讲的是兵马未动，粮草先行。粮草相互依存的，有粮没柴，生米不能成为熟饭，同样，有柴没粮，那叫烤火。过往的日子，老百姓为生存，想方设法，让土地里多出粮食，有粮食，还要多拾柴，笓的发明就是最好的例子。

那时，人们也许做梦都不会想到，21世纪，网络、报纸之类媒体，加粗加大的字号，醒目的版面，呼吁农人，不要燃烧秸秆，因为农人燃烧农作物的秸秆，会造成严重的大气污染，又有专家呼吁，不能堵，要疏，要科学地回收农作物的秸秆，合理利用，变废为宝，使之成为农人的一项创收。

笓啊，看来你被尘封，是有历史根源的，历史的车轮在前进，但怀旧也是人之常情，难免的，这似乎也是历史的必然，怀旧，能更好地看清前路，是谁说过，不会怀旧的民族，是堕落的民族。历史，有时也需要用笓去梳理一下的。

开花的油灯

油灯能开花？

能。

灯花，生长的土地是一只小小的墨水瓶，煤油或柴油是它的养料。

父亲不知从何处寻来的墨水瓶，又在老屋的雀户眼里摸出一枚铜钱，铜钱的方孔恰好可穿插一节小铁筒，一条棉线条束身从那个小铁筒钻过，便成了灯芯，小小的油灯就这么诞生了。黑夜里，窗口就有了打探外边世界的眼睛。

乡村的寒夜漫长，迟迟不肯与冷被窝为伍的我，就坐在灯下，守着火盆，看着奶奶做针线，听奶奶讲古，俗话说：有钱别置被，置被活受罪，清早焐棉袄，晚上焐棉被。夜渐渐地深了，寂静，小桌前，一灯如豆，晕黄的灯光，把奶奶的故事映得扑朔迷离，如梦如幻，灯火似乎也眨着好奇的眼睛看着奶奶，和我一样沉浸在故事里。

此时，惊喜的一幕出现了，橘黄色的灯焰里，绽开了一朵深红的花，不过，灯花开放时，光焰会悄悄地变暗。我惊奇地叫着：奶奶，灯花！奶奶微笑着抬起头来，慢条斯理地用她手中的钢针，在灯焰上挑一挑，灯花就凋落了，眼前忽地一亮了，它在孕育着下一朵花呢。

"灯怎么会开花呢？"我好奇地问奶奶。

"灯捻子烧焦了。"奶奶漫不经心地回答。

不知因何，我总觉得奶奶回答得不对。

读书的时候，晚自习要自带油灯，我的同桌有一盏罩灯，玻璃制品，灯身窈窕，玲珑剔透，蛮腰纤细，葫芦状的灯罩明亮如炯，一如我同桌的曼妙妩媚。她的那盏罩灯往课桌上一放，我的那只墨水瓶油灯就下岗了。

我们虽坐同一条凳子，使用同一台课桌，交往却甚少，尤其是白天，简直就没怎么说过话，各自有各自的小圈子，常常是井水不犯河水，泾渭分明。比如课间活动，她们踢她们的毽子，我们玩我们的捣拐，最多也不过是群起而互攻。晚自习时，情景就不同了，她兰花般的手指轻轻一拧罩灯的开关，灯芯子便吐了出来，取下灯罩，擦燃火柴，一切都那么娴熟。光晕照着她玉般娟好的面庞，她把罩灯往课桌中间一放，顾自学习了。有时，她见我这边灯光有些暗，便会轻轻地把灯向我这边推一推。时间在笔尖下流逝，灯芯便渐渐地结出了灯花，灯花一开，就会冒出一缕缕黑烟，如此，她就会取下玻璃灯罩，我便会不自觉地用钢笔帽挑落灯花。

奶奶曾说，灯花是烧焦的灯捻子，而今想来，没错。不过，在我看来，灯花更是灯芯所吐出的蕾。为了驱赶黑夜，它撒落一片片光明的花瓣，照亮了我飘落的昨日，温暖着我的记忆。

文成之后，听说，伦敦城里，还有一千四百盏煤气街灯，用时间控制器自然燃熄，更为不可思议的是，在法学协会殿内有一百○二盏煤气灯，全靠一位苍苍老者，天黑之前，一盏盏地点，天亮以后，一盏盏地熄。不知这种煤气灯，可否像我们的气灯。过去，乡村里来了草台班子演戏，临时舞台的两端，就挂着气灯，点燃前，需给灯打气的，估计是其名称的由来。觉得有趣，故缀于文后。

钢　笔

朋友赠我一支钢笔，英雄牌，笔身金黄，掂在手中，沉甸甸的，那种重无关笔体，似乎积淀着岁月的过往，让人的心，亦跟着慢慢地下坠。

前不久，在网上与一友闲聊。还用笔写字吗？用。我答曰。用什么笔？我就告诉他，用那种一次性的圆珠笔。用过钢笔吗？他这么冷不丁地一问，好像一下子点中了我的哑穴，一时竟无言以对。虽然我每天都会用笔写字，别说，近年来，还真的没有使用过钢笔。

一次性的笔，用起来方便，五毛钱一支，经济又实惠，估计这也是当今社会的主流价值观，快餐式的生活方式。

钢笔，曾叫自来水笔，而今想来，那也是一种商业广告，它哪里会自来水呢？估计相对当时的蘸水笔而言的，现在，蘸水笔已掩入了岁月的风尘。

钢笔一度是学识的代言者，那时，有知识的人喜欢把钢笔挂在上衣的口袋上，以示与众不同。那阵子，曾流行一句口头禅：一支钢笔是学生，两支钢笔是老师……根据口袋上挂钢笔的多少，来判断一个人学问的深浅。国人的表面功夫，向来都很了得，流行大哥大时，大街上，成功人士都会手握"大砖头"，苹果来了，排队去啃苹果……

那时，中山装上能挂着两支钢笔，走在大街上，腰杆就比一般人要挺，底气也足，腹有诗书气自华。

学校里，老师在办公室里批改作业，办公桌上，高高一摞作业本，老师手捏着长长的硬杆蘸水笔，红色的墨水瓶在面前，翻看作业本，在纸面上，勾勾画画，潇洒自如，一度让我觉得好玩，却不知道，笔不过是老师手中的工具，是知识指挥着笔的动向，教书育人，不是为了好玩。

总是渴望着拥有一支自己的钢笔，可以挂在褂子的口袋上。父亲说，你上四年级时，给你买钢笔。因何非要到四年级呢？终于，按捺不住对钢笔的向往，借同桌的钢笔，过一过钢笔写字的瘾，拿过钢笔，拔下笔帽时，一不小心，笔帽掉在了地上，低头去寻，一脚踏了上去，可怜的笔帽一下子就粉身碎骨了。

一向友善的同桌，翻了脸，让我赔偿，问修理钢笔的师傅，配个笔帽，要两毛钱。我哪里有两毛钱呢？又不敢向大人开口，一时无计可施。同桌说，你得每天来喊我上学，放学一起走，一起玩，不许跟别人玩。一支小小的钢笔帽，我便卖身为了奴。

自己拥有钢笔，是五年级的事了。九毛八分钱一支的钢笔，我亲自去公社的供销社买的，浅灰色的笔身，捧在手心，如捧着一块糖果，心底充满了无言的蜜意。那时，正流行编织钢笔套，用那种有色的毛线编织的，顶上可以缩口，钢笔装进去，上口一缩，钢笔便美美地躺在套子里了，可惜，我的钢笔从来都没有享受过此种待遇。

校园里，曾流行在钢笔上刻画，用现在的话说，叫彩绘。我没有再委屈我的钢笔，记得，我花了一毛钱，让绘画师傅在我的笔身上刻画了两根翠竹，一只熊猫。自此，我迷恋上了钢笔刻画，我在修车行寻到半截车辐条，用锤子砸扁，在磨刀石上磨锋利，用布条缠上把，便在竹竿上练习，然后，在我的钢笔上实习，柳丝飞燕，兰草杂卉……居然，让我拥有一帮追随我的粉丝。我曾经的那位同桌，每天都来喊我去学校。

喜欢钢笔，爱屋及乌，字在笔下就不会太狼狈。看来想学好什么，首先要自己喜欢、热爱，否则，千万别勉强。其实，学习知识，研究学问，归根结底还是做人，都说字如其人，字要习好，不易，做个堂堂正正的人，何尝不是呢？一撇一捺，看上去简单，简单的字，最难工，这似乎是人们的共识了。朋友以钢笔相赠，我想他的本意，是让我写好字，作好文，而今想来，或许别有深意，亦未可知。

石　磨

在我家的小院里，有一座很别致的假山。

说到假山，人们通常会联想到那些七洞八孔、奇形怪状的太湖石，非也，或许你做梦都不会想到，俺那点睛小院的假山，乃一件老古董而为。那件老"古董"，是一件新石器时代的遗物——石磨。

前些年，翻盖老屋时，一直盘踞院中的石磨有些碍事，就把它搬到一边去了，好像它也没有什么异议。小楼落成，整修庭院时，简直就没有它的立锥之地了，我要把它丢弃了，老父不舍，他老人家说，它可是立家之宝。是啊，石磨喂养了我们几辈人，给我留下了太多太多的记忆，细瞧，便觉得它可亲可爱了，可它占地过大，又十分笨重，怎么也不好安置，苦思冥想之时，忽而动了灵机，它的职能就此发生了转变。

有它装点的小院，确实就非同一般了。进入大门，它便是焦点，三块青石支起磨盘，磨盘里两片磨呈十字状链起、环立，巍巍乎，犹如异峰突起，山前一簇菊，山后一丛竹……这一切都是赋闲父亲的心血，一院的花花草草，五颜六色，氤氲着农家生活的情调与滋味。

一日，老父带着女儿在小院里浇花，女儿似乎突然对石磨感了兴趣，便好奇地问父亲："这是什么？"

"石磨。"父亲浇着花漫不经心地回答。

"石磨是什么？"

……

在屋里，我听着祖孙俩的对话，若有所思，勾起了我对石磨的无限记忆。若干年以前，我曾以《石磨》为题，写了一首小诗，其中有这么几句，推磨/俗称赶磨山集/这集不赶已有多年/煎饼依旧喷香。短短的二十余年的光阴，石磨已寄存在我辈的记忆里，而对于下一辈，便成了遥不可及的故事。

小的时候，我曾有个伟大的理想，那就是不要推磨。

那时，农村还是大集体，白天，大人们要在田地里耗时光，挣工分，赚口粮，就像我们家，兄弟姐妹五人，都张着嘴等着吃呢，就指望着父母多挣工分了。我是家中的老大，在家里，自然要分担父母的一些家务，诸如刷锅洗碗、照顾好弟妹之类，尤其是需推磨的日子，人口多，推磨特勤。记忆中，似乎天天放晚学之后，我都要把头天泡在大缸里的山芋干捞上来，放在扁竹筐里，垫好砧板，斩成碎粒。说到山芋干，在此插上两句。那时候，山芋是主粮，秋后，家家分得成堆的山芋，一时半会吃不完，山芋易腐烂，不好存放，人们就把它刨成片，摆放在田野里晾晒，秋高气爽，不几日就晒干了，白花花的山芋干存放在家里，农人的心就踏实了。民以食为天。

鸡叫三遍时，我常被父亲从梦乡里拉起来，抱着一根磨棍，走着无穷无尽的磨道。其实，父母也不忍心，可是没有办法，俗话说放屁也能添风。有时，我在磨道上走着走着就梦起了周公，磨棍就戳了糊子，此时，父亲就会一声怒喝，我一个激灵，睡意暂消，过一会儿，故技又重演。更多的时候，父亲会讲故事为我驱困，有些故事至今不忘。过去，父亲经常挨饿，夏日，他常到田野里铲竹麦草当口粮，把草铲回家，洗净、斩碎，掺着少许粮食上磨推，磨出来的草糊糊碧绿，烙出来的煎饼,又厚又绿,就如一张张厚厚的草皮,吃到肚子里,为了撑胃,没什么营养,也不抗饿,不过,有的吃就不错了。春天,青黄不接的时候,家中没吃的了,就吃刺槐树的花与叶,有人吃不服,吃后,浑身浮肿。父亲在讲这些故事时,我能明显地感觉到石磨轻了许多,我须加快步伐,才不至于掉磨棍。磨声,在父亲听来,简直比音乐还动听,而我在呼呼的磨声中梦想着,何时不再推这该死的石磨。

时光流逝,80年代后期,村子里有了首家电磨铺子,自此,家中的石磨就下岗了。

石磨静静地闲置在院中,它似乎还梦想着重出江湖吧,可它做梦都不曾想到,我会把它制作成了装饰品,点缀着我们的生活。女儿现已不知石磨为何物,我想她有必要知晓,在五彩缤纷的生活中,记忆能使人清醒,令人脚踏实地。有时候,决定前进方向的,不是缀满鲜花的前途,而是遗落身后的那些艰涩的屐痕。

水 窖

在西南山区的某一小村庄,村民正忙着挖水窖,由于青壮劳力大都外出打工去了,这项艰巨的任务就落在留守者的肩上。一个妇女背着孩子,正吃力地用着小竹簸箕从深窖中提取土石,由于弯腰,孩子的脸贴在妇人的背上,包裹孩子的线毯趁火打劫,把小家伙捂得个严严实实,密不透风,不知道可否影响呼吸,我当时这么想,心底捏把汗,后来,记者把线毯扒开，整整遮眼的小帽，孩子的脸方得以裸露出来，我以为孩子一定会哭闹，没想到小家伙竟然咧开嘴笑了，笑如山脚绽放的野花，灿烂无邪。

这一幕是我在央视《东方时空》里看到的。孩子约有一周岁的样子，妇人却有些苍老，若是孩子的奶奶，合情合理，不过，也有可能是孩子的妈妈，如果这个答案正确，可见那儿的生活是多么艰辛。

水窖，这个词汇，陌生而又熟悉，熟悉多因那个"窖"字，并非它常与酒搭配组词，我不是贪杯之人，一"窖"之字隐着我童年的影子。儿时，秋收之后，常见大人们挖窖子，窖藏山芋、萝卜、老姜之类，窖藏什么便命名什么窖，比如山芋窖子、姜窖子等，平地起坑，或方或圆，或深或浅，视储藏量而定，地温相对均恒，菜窖子便成了天然的冷藏室。窖有小口，我常出入窖中取菜。乍听水窖，新鲜多于亲切，水也能储藏起来，以备不时之需，令人叹服，民间蕴藏大智慧，藏龙卧虎，坐而论道者，恐怕怎么也不会想出如此招数。

当初看挖水窖时，我以为在掘井，那可真是临渴掘井了，看着看着，便发现不像掘井，镜头摇下去，窖深似井，面积非井可比拟，挖水窖，原是未雨绸缪。物极必反，看你老天能逞能多久。

干旱，对于他们来说，似乎并不稀罕，水窖即是最好的明证。今年的旱情却是始料未及，这次所挖的水窖，大都是在原来的基础上拓展。由于严重的干旱，村里不少人家的土坯墙房屋坍塌了，不可思议，只听说水可把泥墙泡坍，干旱也能威胁房屋？原来此地的土质沙性，少水，沙的凝聚力就下降，墙体自然就会分崩离析。旱情如此肆虐，村民却面带微笑，对于记者的提问，从容自然，好像是在谈论着于己无关的故事。

干旱，对我来说并不陌生。1988年，家乡有过一次大旱，麦收之后，一直未雨，5月28日是下雨的日子，民间有种说法，此日关老爷磨刀，可那天关老爷愣是干磨，玉米种子在土里似乎要爆出花了。抗旱，抗旱。起初田头的水渠有水，后来河都枯了，打机井，抗旱保苗，大旱不过七月七，七月七，牛郎织女会面的日子，经年未见还不相拥而泣，哪承想人家两口子没掉一滴泪。老夫老妻了，哪有那么多的泪？人们似乎很释然，没有期期艾艾。好在牛郎织女别后落下了伤离之泪。那年粮食大丰收，民谚曰：痛收之年不下过犁之雨。在自然灾害面前，农民自有农民式的幽默，几千年的农耕文明，积淀了一种"不在乎"的精神。

电视的画面上，水窖不断地变深，此时，村民想的不是眼下的干旱，而是要在雨季来临之前竣工水窖。在他们的信念里，干旱只是暂时的，雨会下的，水也会有的，都在路上。关上电视机，小家伙脸上绽开的笑容涟漪般击荡着我的心，令我有种无可名状的亢奋，干旱终究不过是过眼云烟。

第四辑 纸捻子

纸捻子

纸捻子,作为一种包扎绳,在市面似乎是绝迹了,取而代之的,是俗称尼龙匹的塑料制品。商业社会,追求的是利益最大化,尼龙匹自有自身的优势,不过,站在环保的角度来看,纸捻子显然胜过尼龙匹,况且纸捻子包扎东西,温情,有人情味。

惭愧得很,对于纸捻子,似乎老早就被我埋葬在记忆深处了,所好的是,经过时光的磨洗,始终没有擦洗掉,但有风吹草动,便在忆念里若隐若现。日前,翻阅知堂美文,《关于纸》一文中,纸捻一词抓住了我的眼球,不由得走了神。

关于纸捻子,我有着太多温馨的回忆。纸捻子,顾名思义用纸张制作的一种纸质捻子,用普通话讲就是细纸绳,其用途是包扎东西。纸捻子可以说是拓展了纸的用途,纸的发明,利于文化的传播,纸捻子方便了生活。

造纸、火药、指南针、印刷术,号称我国的四大发明,其意义自然深广远大。上古,祖先结绳记事,仓颉造字,始以甲骨为"纸",而后有简牍,韦编三绝,孔子翻阅的便是简牍,后来用了更为轻便的缣帛,穷图匕见,估计那图就是绘在缣帛上的。1957年陕西省博物馆在西安东郊灞桥附近的一座西汉墓中,发掘出了一批称之为"灞桥纸"的实物。不过,东汉的蔡伦发明了造纸术,乃史上公论。

顺笔而下，扯得有点远，好在并非离题万里，说的还是纸，纸捻子的纸。纸捻子所用的纸，俗称桑皮纸，是否真的用桑皮制作的，没有考证，不敢妄论。桑皮纸，色赭黄，比一般的白纸要厚得多，极具韧性，估计这些特点，让它从纸的家族中分家而出。至于如何制作的，实话实说，我不曾得见，我见到它时，是在商店里，一团，很安静地坐在水泥的柜台上，在中药铺里，也有它的身影。

来一斤白糖。营业员麻利地在柜台上铺一张赭黄色的草纸，白糖已称好，往纸上一倒，雪白的糖，暗黄的纸，竟是如此和谐，没来得及多看，营业员便熟练地把白糖包成砖块，随手拉过纸捻子，三绕两绕，便把"砖头"捆好了，还不忘上边留个扣，方便人拎着。

奶奶的胃不好，常痛，常吃中药。村里有位老中医，我常去他家给奶奶抓药，迷你的小秤，精巧的圆秤盘，后边一个黑漆的大木柜子，小抽屉里盛着草药，老中医铺好一张张草纸，打开抽屉，抓药，上秤，然后，分放在纸上，如此反复着，几味药都抓全了，便扯出纸捻子，一包包扎好，然后再用纸捻子扎总，在上面的药包上放一小片红纸，把药递给我，交代几句。

纸捻子，在生活中不起眼，乃至不起眼到可以忽略，不过，少了它，就会觉得不方便。看来，物各有所用，存在即合理。当然，这是我写此文时的感悟，随便记录于此。

读书的时候，纸自然不可或缺，不想纸捻子也来凑趣。那时，为了节省，我时常买那种白光连纸，自己折叠成十六开，或者三十二开的写字本，折好之后，没有订书机，就用锥子锥眼，用纸捻子订。那时，学校在大队的院里，教室的隔壁是商店，订本子时，就去商店讨要，那时，觉得去讨要纸捻子似乎是天经地义的事。

笑眯眯地往商店柜台一站，喊声叔叔，营业员叔叔似乎心知肚明，没事时，或者高兴了，便说把本子拿来，我给你弄，更多的时候，扯一小团，抛在柜台上，我抓过来就跑，白色的纸，暗黄色的纸捻子作订，看着，悦目。

平时，很少能想到纸捻子的，现在，都提倡无纸化办公，字都在键盘上敲，敲着敲着，数典就忘祖了，一些熟悉得不能再熟悉的字，却不会写了。而今，想到了纸捻子，忽然觉得它的好来，不独是让我怀旧，更重要的，纸捻子维系出的人情味，令人怀恋。

石　碾

说道石碾，岁月似乎一下子便被拉长了，拉长到我遥不可及的童年。

在一片渚地上，一个大石碾子，每天都安静地蹲在那儿，默默地看着目前的大汪，以及汪周的杂树，尤其是近在咫尺的老柳树，粗矮的树干，烟熏火燎般的黑，千沟万壑的，对于列队在树干上急行军的蚂蚁来说，估计很恰当，也不知那些蚂蚁这么匆忙，要到哪里去？去干什么？夏日，树冠荫翳，石碾子便在它的荫翳里，蝉声四起，汪水似乎一下子光亮了许多，石碾子也不怕闪了它的眼。

不知从何时始，石碾的碾盘有了场的功能。春日，晾晒着咸菜；夏日，晒着淖好的马齿苋；秋日，是红辣椒的领地；冬天，便被勺头菜赖上了。小孩子只有趴在碾盘上，莫名其妙地抠着石棱子的份儿了。有时，也以石碾为据点，玩捉迷藏，玩打仗。从我记事时起，好像石碾子从来就没有务过正业，估计石碾子也是这么看人的。

一年四季，春夏秋冬，它所见的都是些闲人。尤其是夏天，柳荫下坐满了人，打牌的打牌，下象棋的下象棋，闲聊的闲聊，看热闹的人自然也不少。人来了，狗也跟着来了，狗一来，便跷起一条狗腿，在它身上画地图，似乎是想标个到此一游的记号，麻雀也不知哪里来的胆子，居然也飞落在它的头上，叽喳着，大约想寻点吃食，很失望，飞走之前，故意留下粪便，以泄心头不满。闲话的老人，说着说着，就会扯上石碾子。我在老人们的闲话中，才知道石碾子曾有过辉煌的过去。

石碾子的功能，就像乡村里曾时兴一时的轧面机，是那种只有单一粗箩的轧面机。那时，人们吃的面，都是在石碾子上滚压的。尤其是逢节时，闲人不闲石碾子，家家都排队等着压。把淘好晾干的小麦，在石碾子上滚压，粗长的木棍带动着石碾，石碾与碾盘摩擦，小麦便被碾压粉碎了。如此反复地碾压，然后，用细面箩子筛，面粉就这么被加工成了。别说，现在用石碾子碾压面粉，自给自足，绝对安全，没有吊白块之类添加剂，纯天然，无污染，食起来安全放心。

石碾子碾面，可在我有记忆的时候，我就不曾见过它的专长发挥。那时，村里，已有了轧面机，粗面的、细面的样样都有，先是柴油机带动的，后来是电动的。石碾子自然便没了用武之地，说来也奇，长久闲置的石碾子，苍苔满身，成了不折不扣的老物件，不知何时竟被神圣化了。

小时候，大人是不让小孩子到碾盘玩的，说碾盘底下有个黑鱼精，会吃小孩，还说，黑夜里，黑鱼精会变成漂亮的姑娘，吸人血。黑鱼精变成美人勾引人,待你靠近她,她一下子变成了青面獠牙的女鬼,人就被吓死了。无人相伴,我是没有胆子去那里玩的,却偏又好奇,想见一见那个黑鱼精变成的女鬼。有时,伙同多人,在少星无月的黑夜,悄悄地来到汪边,相互借胆还是怕得胆战,默默地等啊等,只有老柳树枝舞动的风声,偶或鱼拍打水的声响,或有人突然来一嗓子——黑鱼精,于是,大家便嬉笑着作鸟兽散。

村里有一赵姓人家,人丁不旺,生个男孩,大约为了孩子好养活,请个算命的先生,估计算命先生是天才的诗人,居然让赵姓的男孩认石碾子当干爹。而今,这位干儿子也有40多岁了,也不知还会不会偶尔想到他的干爹。

前些年,回老家时,那个石碾子依旧在,好像没有儿时那么高大了,老柳早就没有了影踪,水汪也缩得簸箕掌般大小了,里面漂满了红红绿绿的塑料袋子,黑黑的水,散发着一股刺鼻的气味。村里几乎见不到人影,都外出打工去了,石碾子冷冷清清的,不知谁家的小孩子走过来,我指着石碾子问他,知道那是什么吗?小孩子摇摇头,笑嘻嘻地走开了,不时地回头看我,很好奇。

煤油炉

一件事物的流行,绝非偶然,如同它逐渐式微,乃至消失一样,其中的奥秘,并非三言两语所能说得清楚,勉强说,这就是生活。

煤油炉便是一例。

20世纪70年代，煤油炉似乎突然亮相乡村，不只是煤油炉的火焰点燃了，农人对"楼上楼下，电灯电话"生活的向往，还是在这种美好的氛围之中，燃起了煤油炉。那时，我们家就有一只，那只煤油炉跟我所曾见过的有所不同，是父亲拖人私制的，本色，大约是便宜，外壳没有刷漆，不美观。

我最早见过的煤油炉，是在一个知青家，村里就一个知青，住在我们队的牛屋院的一个单间里，冬天去牛屋院玩时，常从他门前经过，每每能看到坐在屋角的绿色的煤油炉，那时，我尚知道其为何物。一次，他主动招呼我们去他的屋子里玩耍，我便好奇问他，这是什么？手指着煤油炉，从此，我知道那玩意儿的名字，可烧水煮饭。

说来，最初使用煤油炉，有点悲剧的色彩，此事说来话长。那时，生产队大面积种植棉花，棉花容易招虫子，有种棉铃虫，最乐意钻棉桃，棉桃被虫子一钻，就脱落。于是，不得不打农药，集体农药中毒，在中毒者的名单里，有我母亲的名字。母亲她们住在医院的一间大房子里，打点滴，观察病情，生产队就买了只煤油炉，烧水做饭方便。我去看望母亲时，母亲已痊愈，她煮面给我吃，教我如何开关，如何点燃，她示范着。往上拧时，火捻子挺出；往下拧时，火捻子缩回，那顿面条，就是我亲自操作煤油炉的结果，当时觉得很得意，很有成就感，而今想来，历历在目，恍然如昨。

有些事就是这样，不能干时想干，能干时又不愿干了。那只土里土气的煤油炉落户我们家时，我便开始厌烦煤油炉了，无论土洋。

晚上放学回家，我要点火做饭，所谓的做饭，就是烧稀饭，俗称烧汤，家中有米时，在钢精锅里放少量的大米，没米就用小麦仁，母亲在石碓里舂的,过去不是好东西,现在小麦仁比大米金贵。这真应了那句老话,十年河东十年河西。开锅后,在舀子里把玉米面加水调匀调稀,慢慢地添加在锅里,使之别有疙疙瘩瘩,之后,不住用勺子搅拌,怕的是大米或小麦仁粘锅,若粘锅了,汤就有一股子焦煳的苦味,我就会受责备。

小孩子玩心重,哪有那个耐性,人在曹营心在汉,坐在煤油炉边,心早被外边嘻哈声吸去了,锅盖子常被顶掉,汤水溢出来,滴在煤油炉的火焰上,吱吱地响,发出一股臭鸡蛋的气味,此时,心方才回来。那段时日,我最怕放学了,最怕看到煤油炉,见到它就有种抬脚的冲动,又不敢往它身上落。

煤油炉的火捻子常被烧焦,不得不把炉罩子取下来,用钢锯条刮,弄得一手都是油灰,这也是我的活儿。拿下满身孔眼的挡焰外罩,对着满身孔眼的外罩,我曾一度很好奇,为什么要扎那么多眼呢?为此,我曾问过父亲,父亲没好气回我,整天瞎想什么呢,再把汤烧淌了,小心我揍你。而今想来,估计父亲当时也没有用心去琢磨它,别说,这事被父亲这么一激,竟让我给憋出来了,孔眼为了供氧,为此,我很得意,动辄就拿这个问题问小伙伴。

前些年回老家,看到狗食盆子有点眼熟,此时,父亲已满头银发了,不过,身体很硬朗,正给往狗食盆里加食,抬头见我眼盯着盆,说道,还认识它吗?煤油炉的底座。一时之间,有关煤油炉的点点滴滴的过往,重又兜上心头,亲切得让人伤感,淡淡的,非关病酒,不是悲秋。生活,有时就是这样,东边日出西边雨,杂陈五味。

独轮车

独轮车，家乡人称之为"胶车子"，为何会有此"莫名"的称谓，其中又有隐含了什么样的机巧与故事，至今，我都没弄明白，不堪了了。

世间之事，也许本来就没那么复杂，纯属偶然，就像桑梓、松柏、杨柳……若当初先人把梓名为桑，把柏名为松，把柳名为杨，恐怕而今在人们的意识里，那些树木的形象刚好颠倒过来。这让我想到女儿读小学时，写过的一则日记，她说："若爸不跟妈妈结婚，我就不是爸爸的女儿，看到别的漂亮女孩坐在爸爸的腿上，我不得气死了。"世间万物似乎都有定数，也就是"道"，当小路上咿呀着手推车的声音，我的目前立马呈现胶车子的形象，这完全是下意识的反应，不由人的。

现在，这种独轮车基本上是难得一见了，不过，行在崎岖的山经，或漫步在蚰蜒般细长的阡陌，不觉地便会想到胶车子。我想独轮车的发明，于路是不无关系的。过去，乡间道路都是"自发"形成的，就像鲁迅先生所言的那样，其实地上本没有路，走的人多了，便成了路。民间还有句大俗语：路要众人踩。众人踩出的小路，便是独轮车的胚胎。

对于家乡人称之为胶车子的独轮车，我相信在其他的地方，一定还有别的不可思议的有趣的叫法，只是孤陋的我所不知罢了。我曾一度想当然地以为，独轮车就是出川九伐中原的诸葛亮发明的，这大概跟我儿时看有关三国的小人书有关，当然，还与我儿时对独轮车的记忆有关。

儿时，最早见过的独轮车，是木头制作的，车轮子是木头的，车身子亦是木头的，车子的主人，是住在村子最东北角的一个孤身老人，老人所居的矮小的茅屋，与村子隔着一段杨树林子，一条细长小路似脐带，连接着村子，不哪天，脐带断了，他便会被游离在村子之外了。在我的印象里，老人好像总是推着那辆木头胶车子，穿行在那片杨树林里，车轮压在小路上，咯哒，咯哒地响。老人嘴咬着长长的烟管，似乎很享受这种声响，晃悠悠地走着。有时，看他推着车子，如此惬意，便央求着试一试，一端起车子，还没走呢，车子便往一边倒去，老人就嘿嘿地发笑。

那时，村子里有独轮车的人家不在少数，轱辘是钢圈的那种，只是车架子是木头的，轱辘的内带可以充气，车子推起来，轻快，声音也小。田里送粪，收获庄稼，胶车子便派上了用场，尤其在土堰上，路面很狭小，越能显示独轮车的好来，平时，赶集上店，推着胶车子，卖粮食，买回生活所需，独轮车轻快，省去了肩挑手提。那时，推着胶车子赶集，夸张点说，无异于曾经骑着自行车的，而今开着私家车。

记得，小时候，赶庙会，父亲推着独轮车，一边厢是我，一边厢是所卖之物，车子一路吱咯着，附和着父亲所讲的故事，满撒在我的记忆里。集市上，父亲把胶车子放在大鼓场的边上，交代我，听大鼓，看车子，买包子给我吃，买小人书给我看。我便老老实实地坐在车帮上，听大鼓，听着听着，人就被说书者带进了书中，忘记了时间，忘记了饥饿，忘记了我屁股下的胶车子。

父亲曾在砖窑厂给人推土，胶车子便成了父亲赚钱的工具，那时，砖窑厂是人工磕坯，木头制作的砖头模具，通常是两个的坯模，力气大者，让人专门制作的，三个坯模。父亲就用胶车子推土，胶车子的两厢各绑一只柳条长筐，按照个人所需推土，一车多少钱，计车。有时，放学有空，我会去帮父亲的忙，用根绳子拴在胶车子的前头，拉纤般，用着力拽。

似乎一转眼，这一切，都成了过往，手推车便成了历史的陈迹。手推车在打小日本时，曾载着物品支援前线。新中国的诞生，独轮车是有过贡献的。有关独轮车支前的故事，有机会专文叙述，在此，不作详谈了。

最近，听说独轮车是个叫奚仲的老乡发明的，是否确凿，我没有去落实。在老家邳州城里，有条路叫奚仲路，这是确定无疑的。若独轮车真的是奚仲发明的，胶车子的叫法，或许隐含着不为人知的故事，亦未可知，如同若干若干若干年之后，人们对着独轮车三个字，发呆。

爆米花机

日前，在乌镇游玩时，在河房边的空地上，见一老者手摇着黑黢黢的爆米花机，泛白的煤烟，顺着爆米花机的四周往外冒着，慢慢飘升，爬向两边的河房，浮在小河的上空，渐渐消散，小桥，流水，石板小巷，古旧的木质房舍，这样的景象，让我回溯到久远的记忆里，仿若是在北宋的汴梁，我清楚，给我如此幻觉的，是那只黑黢黢的爆米花机。

乌镇的那只爆米花机，其实，只是为了应景，让人回顾，怀旧，事实上，这个目的是达到了。有关爆米花机，有着太多温馨的记忆，一部爆米花机，能爆出一大箩筐的故事，这是这个时代的孩子，所无法享受的，也是无法体味的乐趣。

爆米花机，呈葫芦状，前首有类似方向盘的圆盘，盘中是块压力表，我一度以为是看时间的钟表，后面是厚厚的铁盖子。一只烧煤炭的火炉子，一条自制的细长口袋，一头用铁圈固定，一头撒口，爆米花时，把撒口挽个扣。这就是爆米花的全部家当了，哦，还有一只拖着它们的平板车。爆米花者，大约经常与炉火打交道，脸似乎永远都是油黑的，烟熏火燎一般，衣着多藏青色，让你无法猜度他的年龄。他慢悠悠地拖着爆米花机，在乡村的小道上缓步走着，边走边吆喝，爆米花唻，爆米花——悠悠长长的声音，似有古意。

谁家的孩子，听到了吆喝声，闪身探头，远远看着拖着板车的爆米花人，急急忙忙回转身，大声嚷嚷着要爆米花。于是，大人从粮缸里挖一茶缸玉米，跟在小孩子的身后，哪有爆米花的，说话间，就到了门外，叫声，爆米花的，过来。

寻一处开阔的地界，把爆米花机、火炉之类的家什卸下来，安顿好，爆米花的坐定在小马扎上，一手摇着机子，一手加着煤炭，青烟缕缕上升，大约是熟能生巧，其闲适的神态，便觉生活有滋味，有情趣。有时，我就想，若让忧郁症患者，拖着爆米花机走街串巷爆米花，说不定，爆米花机的一声爆响，没准就把他爆向了生活的怀抱里。看爆米花，惬意非常。爆米花机宛如一块磁铁，纷纷地把小孩子都吸引了过来，随着小孩子，还有那些家长。黑兮兮的爆米花机，在红红的火苗上滚动着，一会儿红，一会儿黑，在红与黑的交替中，只听一声爆响，一小茶缸的玉米，就能炸一大篮子的玉米花，酥脆。玉米花的清香足以弥漫半个村庄。

在尚未解决温饱的乡村，爆米花是一种奢侈的小零嘴，更奢侈的是带着甜味的爆米花，在爆米花时，放上几粒糖精，而今想来都觉得不可思议。有关爆米花机，还有个关于周恩来总理的桥段。说外国友人来中国访问，在街头见爆米花机爆米花，一小缸装进去，出来就是一大篮子。外国人感慨中国人的聪明。他问周总理，这是什么机械？总理答曰，这是粮食扩大器。每每想到这个桥段，就想笑，民间就是有编故事的高手。

爆米花机，能爆的东西很多，大米、玉米、干的米糕之类等等。在北方的农村，一般都是爆的玉米花，南方的水乡呢，自然多是爆的大米了。地方特色。有关爆米花的小零食，据说最早是在北宋时期。

北方民间有个神话故事，"金豆开花"用以解救龙王为人间降雨。传说农历二月二"龙抬头"，这天，人们都要爆玉米花以充金豆花，以期风调雨顺。

宋朝诗人范成大在他的《石湖集》中，曾提及上元节吴中各地爆谷的风俗，并解释说："炒糯谷以卜，谷名勃娄，北人号糯米花。"《吴郡志·风俗》中记载："上元，……爆糯谷于釜中，名孛娄，亦曰米花。每人自爆，以卜一年之休咎。"在新春来临之际宋人用爆米花来卜知一年的吉凶，姑娘们则以此卜问自己的终身大事。宋人把饮食加入文化使之有了更丰富的内涵。

清诗人赵翼在他著的《檐曝杂记》中，收录一首《爆孛娄诗》："东入吴门十万家，家家爆谷卜年华。就锅排下黄金粟，转手翻成白玉花。红粉美人占喜事，白头老叟问生涯。晓来妆饰诸儿子，数片梅花插鬓斜。"诗人是热爱生活的，看什么都觉得有生趣。

二月二，爆米花的习俗，我知道在老家邳州一带，至今依旧沿袭着。爆米花是用铁锅炒的，柴火，炒时，用淘洗过的沙子去恒温，玉米粒在滚烫的沙子中受热，由表及里，激情澎湃，只听"砰"的一声，一粒玉米开花了，噼噼啪啪，玉米花竞相绽放。至于爆米花机始于何时，不曾去考证，我有记忆时，它常在乡野中出没，它落地之处，都会弥漫着爆米花诱人的香味。而今，在乡村，拖着爆米花机的身影难得一见了，孰料竟在乌镇偶遇，不禁感慨系之。我很怀念。

怀　表

怀表，顾名思义，揣在怀中的表。怀表通常由一条金黄的细链子系着，一端挂在衣扣上，表就隐在口袋中，不时地被主人掏出来，啪的一声，打开表盖，啪的一声，表盖合上，于手中掂一掂，徐徐放回口袋，甚是得意。

小时候，大队书记就有一块怀表，大队书记是睁眼瞎，就是文盲，怀表是他军转干的儿子给他买的，他身上穿着儿子的军用褂子，四个兜，可别小瞧了军褂上面的那两个口袋，那是军官的标识，普通士兵的褂子只有下面两个大兜，书记的上兜里装着儿子给他买的怀表，人送外号，怀表书记。

闲时，怀表书记喜欢在村里转悠，他不会看时间，人们还喜欢问他。

"书记,几点了?"

怀表书记便很郑重地从口袋里掏出怀表,啪,打开表盒,把怀表拉得老远,很认真地瞄了瞄,说:"昨天这个时候了。"

一阵子哄堂大笑。

这个桥段,而今,还会被村人提及。"昨天这个时候了"似乎成了村里的一句口头禅,被大量地引用,比如熟人之间打招呼,吃了吗?对方不直接回答,回一句,昨天这个时候吃过了。彼此相视一笑,平常的一句话,便有了意味起来。

还是这个怀表书记,在广播里通知,吃过早饭,九点到大场上开会,"吃过早饭,九点钟。"是怀表书记的计时法,很独特,当他吃过早饭,拿着怀表到大场上,通常都十点多了,他啪地打开怀表,然后,扫一眼场上的人员,差不多了,低头看看怀表,说,大家来得正好,九点刚好,开会。

"毛主席语录,南胡山芋让人给扒了。"会场很肃静,人人自危,"看护人员,要提高革命警惕。"大家都松了口气。"今天下午,全体男女劳力,都到西胡棉花地里脱裤子。"大会就此结束,散会时,怀表书记忘不了掏出怀表瞅瞅时间。

毛主席语录,南胡山芋被人扒了。随即传遍村内外,成为一时效仿的话题,广泛地被套用,犹如今日网上纷纷流行的套用体。

怀表,在很长一段时间里,不独是为了看时间。作家阿成有一篇小小说《于上弦》,说他的同学有块老表,需要不时上弦,否则就不走了,因而称之于上弦。那时,班上没人有表,后来,于上弦婚变后,去法国欲寻求异国恋情,还在埃菲尔铁塔前,手持怀表留影,寄给阿成留念,因现实太残酷,未果。回国时,冷幽默阿成写道,于上弦,在候机大厅狠命地吐了两口痰。与其说于上弦被命运作弄，不如说他太过虚荣了。一只跑不准的老是要上弦的怀表，就决定了于上弦的命运轨迹。

怀表，也是传情达意之物。相传徐悲鸿与蒋碧薇私奔到巴黎，徐悲鸿给蒋碧薇买了块怀表。1953年，徐悲鸿在北京病逝。时在台湾的蒋碧薇，听闻徐悲鸿至死都戴着。他们初到巴黎时买的怀表，不禁失声痛哭。

其实，怀表书记的儿子给书记买的怀表，也是儿子的一片孝心，儿子知道他父亲是文盲。

后来，村里又添了一位有怀表的人，是来村里指导种西瓜的外乡人，他那块怀表，真正是看时间的，种西瓜，过去土法子是点种，他来之后，教人打营养钵，下种，移栽，他干活按时按点，这让懒散惯了的村人，有些不习惯。

我对他感兴趣，是因为他善于说故事。农闲时，坐在树荫下，他从口袋里，摸出怀表，看了看时间，说，那就给你们讲一小段，半个小时候后，要下田干活了。最喜欢他讲的狐狸精的故事，那些狐狸精变的女人，又漂亮又善良，还都喜欢读书人，后来，我知道所他讲的故事都在蒲松龄的《聊斋志异》里，那时，他正打着光棍，他也算是读书人了，而今想来，他在说自己的渴望吧。

鞭

十八般兵器中，其中就有鞭，小时候，对武术很向往，看着练武者舞动着九节钢鞭，上下翻飞，像长在身上一般，羡煞人也。也曾见过卖艺人，用软鞭子击灭两丈开外置于案几点燃的蜡烛，鞭声处，蜡烛岿然在案几上，还冒着一缕淡淡的青烟。鞭，让我的好奇心有了火辣辣的痛痒感。

可以这么说，是鞭在驱赶着我的童年时光。20世纪70年代，鞭已"军转民"了。许慎的《说文解字》对鞭的释解，鞭，驱也。就是说，鞭是由人驱赶牲口的，《木兰诗》中，"南市买辔头，北市买长鞭"的诗句。在鞭字之前放上被驱赶的牲口的名字，就成了具体的鞭名，比如马鞭，牛鞭，羊鞭……

过去年代，有个电影叫《青松岭》，其插曲的旋律激情澎湃，歌词"长鞭哎，那个咿呀甩，啪啪地响哎，哎嗨咿呀……"马车在乡村的道路上奔跑着，马鞭在马的耳边炸响，电影画面是写实的，这样的生活场景，在乡村很普遍。

鞭者，短绳也。这是我给鞭子的定义。

鞭有长短、粗细、大小之分，其差别就是鞭绳的长短、粗细、大小。大的鞭绳就是一节车络，大人手腕般粗细，车络就是一种粗绳。小时候，夏末秋初，我就喜欢在生产队的大场上，看人拧车络绳，拧绳的器械是木头制作。民间藏龙卧虎，一点都不假，在劳动中获得灵感，坐而论道怎么也想不出来。根据绳的长短，绳的股数，比如五十米的长绳，四股，一端用四个缺口的木轮子，每股入一缺槽，另一端在五十米处，用木驾车，人手要一股绳匹，使之上劲，木轮子从一端游向一端，一根大长绳就大功告成了。取其一节，可制作鞭的基本，拧一根细绳作为鞭鞘，寻一根可手的木棍做鞭把，鞭便可组装了。

牛鞭，在乡村最常见，赶牛的人都是喂牛的饲养员，整日与牛朝夕相处，对牛的心性脾气都了如指掌，与牛也默契，那些牛都能懂主人的鞭声。有经验的犁把式，很善于用手中的牛鞭。据说一头牛拉犁耕田，为了让牛好好干活，一会儿朝牛的左侧响一鞭，骂道，小黑，你个驴日的，你敢偷懒，看我不打死你；一会儿朝牛的右侧响一鞭，骂道，小黄，你小子不使劲，鞭子伺候。犁田的牛就会以为，不是它自己在拉犁，主人没打它，便格外卖力。

在黄昏的田野里，一辆牛车行驶在村道上，火烧云把道边的书染成一片金黄，赶牛车的把式，长鞭一甩，伴随一声悠长的小调，牛把式把自己那份悠然的心态传递给了牛们，牛的脚步立刻就轻快了起来，车子仿佛一下子轻了许多，牛、车、人，是个和谐的小团队。

作家刘亮程曾写过他赶牛车的经历："每天下地都是父亲赶车，坐在辕木上，很少挥鞭子。他嫌我们赶不好，只会用鞭子打牛……他试着让我赶几次车。往前走叫'哒球'，往左拐叫'喽'，往右拐叫'外'，往后退叫'缩、缩'。一次左边有个土疙瘩，应该叫'外'，让牛向右拐绕过去，我却喊成了'喽'，牛愣了一下，突然停住了……"当时，读到此处，不觉大笑起来，日后，无端想起，便觉得有趣。

赶车人，玩鞭的技术都很了得，说抽牛的左耳尖不会抽耳边……鞭就成了生活中的一项小乐趣，日子，因为鞭声的脆响，亦变得有了趣味。

其实，鞭子也是一种玩具，不独儿童。作为玩具的鞭子，最得意处是鞭鞘，细细的麻绳，要亲自搓，搓得越有劲越细，鞭子甩起来，系的鞭花越漂亮，鞭声也越清脆响亮，几人聚在一起，看谁甩得鞭花漂亮，鞭绳响脆，是件很得意的事。也有比赛打东西的，看谁打得准，比如打小麦穗、野花，打正在舞动的蝴蝶，飞行的蜻蜓，抽树上的枣……小鞭子抽陀螺，在干净的土场上，在厚厚的冰面上，两人对抽比赛，看谁的陀螺转的时间久长，或者两只相撞，谁的不倒，有趣又刺激。

而今，鞭子都化作某种无形的压力了。很长时间以来，我都以为鞭子从我们的生活中消失了，没有想到，它始终尾随着我们。

锄　头

现在的家长喜欢教背孩子古诗，人前人后，小家伙出口诗成，倍觉有面。孩子们所背的古诗中，李绅的《悯农》是不可或缺的，诗句朗朗上口，极有音乐之美，且有教育意义，让孩子好好吃饭，爱惜粮食。

小家伙不知锄为何物，我相信有一大部分家长，也未必就清楚锄的模样，锄禾是要用锄头的，我还有理由相信，相当大的一部分人以为锄禾就是除掉地里的杂草，否则，怕是草盛豆苗稀了。

电影《朝阳沟》，拴宝教银环锄地，"前腿弓，后腿蹬……"把锄头抛出去，拉回来，看上去很简单，银环总学不好，锄头不分青苗杂草，这让我无端地想到了汪曾祺写过的一篇短文《山丹丹》。"山丹丹长一年，多开一朵花。山丹丹记得自己的岁数。山丹丹开花花又落，一年又一年……这支流行歌曲的作者未必知道，山丹丹过一年多开一朵花。唱歌的歌星就更不知道了。"《朝阳沟》这个片段，或许作者只知道锄地就是为了除掉杂草，演员更是照着葫芦画瓢了。

锄地，不仅为了锄草，更重要的是松土，松土的目的是为了保墒，这是锄地的根本。

我曾跟父亲一起锄地，父亲常挂在嘴边的话——锄头有水。父亲说这话时，我一点都不理解，觉得不可思议，这并不妨碍我记住它。现在想来，我觉得父亲是个了不起的哲人，"锄头有水"，这是何等的识见，透过事物一般的表象，直达事物的本质。

关于锄地，父亲还有一句话，不可谓不精彩，他说，地不怕长草，不长草的地，也不会长出庄稼。父亲的主张是，田地里的杂草不能除尽，草可以刺激庄稼的生长。母亲一度说他为了偷懒寻找借口，父亲笑而不答。

后来，事实证明他是对的。无论什么都有个度，把握好了，就有利，过犹不及。有适度草的地方，土地就湿润，不干裂，尤其在秋后，更明显，有草的地方，犁耕过，土质鲜亮有水，在阳光下，犹如镜面反光，而没有草的地方，土枯干散碎，感觉要冒白烟。

无论是锄禾锄草，还是锄地，其目的是为了禾苗，锄只是工具而已。作为农具的锄，其历史不可谓不久远，据说锄最早出现在西周时，锄是用青铜铸造的，沿用到战国时代，随着冶炼技术的提高，秦朝时，铁锄广泛地被使用，一直延续到今天。在中国历史博物馆里，有西汉时期的梯形锄，高19.8厘米、刃宽18.8厘米，整体呈梯形，锄刃齐平，两侧呈梯状向上收至銎口，正中起脊至刃部，銎口正方形。下沿饰弦纹三道，銎身由点、线组成云雷纹图案。这锄更像今天的镢头。现在的锄，多是半月形，或不明显的三角形，刃的钢口好，雪亮。

锄需经常使用，愈用锄头愈快，闪闪的亮。锄地，尤其是在春回大地的时候，也是一种享受，可惜我好久没有锄地，更没有与父亲一起锄地了。每每念及，都会令我无限怀想。

父亲锄地，不疾不徐，锄拿在手中，感觉很轻灵，很听话，锄出来的地，平整如砥。春日的阳光下，父亲嘴角叼着香烟，青烟丝丝缕缕，吸烟还不误说话，父亲教我如何调换姿势，俗称换路子，这样干起活来，左右平衡，不累，也不踩地。那一刻，我觉得父亲不是在锄地，是在土地上抒写着对土地、对生活的热爱。

我问父亲，地里没有草，锄它干吗？那次，父亲除了那句话锄头有水而外，又说了一句极富哲理的话，他说，春天万物复苏，你现在看地面上没草，草籽很快就在土里醒来了，趁早把它们翻出来，起到事半功倍的效果。

锄头有水，生活便有了诗意，可惜，而今知道锄头的人恐怕为数不多了。

铡　刀

　　说起铡刀，我总会想到京剧《铡美案》，还有人民英雄刘胡兰，相信有这种联想的人，不在少数。估计人们关注的焦点不在铡刀，铡刀已物为役使，迷失自身的本真。铡刀作为一种农具，简单实用，凝结了先人的智慧，乃农业文明的结果。

　　铡刀，由刀座与铡刀两部分组成。一把带有短柄的柳叶形生铁大刀，短柄处可装细木续以为柄，刀座是一块中间挖槽的长形方木，一般选细密硬朗的材质，耐磨经用，榆木便很有竞争力。把刀的一头固定在底槽里，有把的那头可以上下自由活动。铡刀用的是物理上的杠杆原理。如此看来，理论一旦付诸实践，就成了赋有生命力的活物。铡刀就是很好的例证。

　　有关于铡刀的记忆，始于农村的大集体。那时，我还是个孩童，五月的夏风一吹，昨天还泛着青的小麦，一夜间，就变作金黄，俗话说，蚕老一时，麦老一响。村头一站，一眼望不到边的金黄，风痕过处，麦浪翻滚。麦浪一词，都叫人用滥了，青时，碧色的麦浪，麦子黄了，金色的麦浪，觉得一点创意都没有，当你身临其境，便觉得除此，还真的没有比它再合适的词语了。我已好久好久没有这个体验了，不过每每想起如此场景，都会激动不已。

　　过去，麦收时节号称麦口，靠天吃饭的农人，于季节口中夺食，抢收抢种，小麦上场了，铡刀便在大场上大显身手。小麦收割成一捆捆的，成捆的小麦放在铡刀上铡，麦穗留下来，麦秸丢在一边。这就如同写文章一样，精粹材料，重点突出，那场面，热闹非常，握铡刀者，一般都是壮劳力，气力足，手起刀落，绝不拖泥带水，嗤的一声，麦穗头与麦秸腿便身首异处。续得紧铡得快，前赴后继，你来我往。当然，干活时，并非鸦雀无语，大家有说有笑，拿这人开心，那人逗乐，有人说一段带着荤腥味的笑话，气氛轻松愉快。没事的时候，我喜欢看大人们铡麦，顺便跟着他们拾二笑，有人便过来打趣我，傻笑什么？你知道说的什么？诡异一笑，大家便跟着哄笑起来。

麦收结束后，铡刀基本就闲置，到冬天方才出山，那就是铡麦草，铡玉米秸之类的草料，喂牛。铡草料，一般都在冬日的中午，天气暖融融的，"牛头"搬来了铡刀，饲养员们就在草垛上抱来麦草，铡成一段段的，喂牛时，把铡好的麦草往牛槽里一放，倒上豆沫水，牛便有滋有味地吃了起来。牛们是不会感谢铡刀的，它们也不知道，铡刀事先已把那些麦草给咬碎了。铡好的麦草，可以填在鞋里，为脚保暖；铡好的麦草堆在牛屋里，家中穷的少被子盖的人，不多，可不是没有，夜里就钻进麦草堆里，睡觉。夜晚，牛屋里聚满了人，冬日夜长，人们都到牛屋里，取暖，闲话，打发漫长的寒夜。我常在那里听人讲故事，尤喜听人讲恐怖的鬼故事，想听，听完了又不敢回家，就特羡慕钻进麦草里睡觉的人。

后来，分田到户，有了脱粒机，有了收割机，铡刀似乎就突然不见了，也不知躲到何处，独自垂泪去了，它或许不知道，它一泪垂，刀面就会生锈，锈迹斑斑，就更没人待见了，生活有时就是这样，有用的常会被人记起。

一天，在中药铺看到一把铡刀，迷你版的，顿觉亲切，把那小铡刀，切中草药用的，切片，切段……轻巧，灵活，我突然觉得，这才是铡刀的好去处。铡刀，就像一味中草药，散发着一股淡淡的药草香，弥漫在农耕文明的气氛里，疗旧。

拓

拓，作为一种农具，估计也很有地方性，有着自己的特色，我的许多童年的记忆，都与此有关，我想把它描绘出来，展览在老物件里。

拓，家乡人都这么叫它，也跟着这么叫，始终不知道是哪个字，当初，跟着大家人云亦云，年纪小，也不识字，没有想到它的写法。长大了，读书识字，看到它，就知道它叫拓，心里压根就没有想过，它的名字如何写。今天，想写它时，却不知怎么写了。熟视东西，往往会无睹。就像在你身边的老朋友，你以为很了解了，当你夜深人静之时，想想，又会觉得完全不是那回事。拓或拖，二字就先跳入我的眼帘，拓在前，从此，拓在我心里名实才相副。此时，作为农具的拓，早已折戟沉沙。

我想有必要在此用我的文字把它的形象勾勒出来，也不知道，我的手艺如何。大家不妨发挥自己天才的想象，补充，完善。拓，木头制作的，结构很简单，简单地只是个四方的架子，可是就是这个简单的木头架子，却很经济实用，昭示着先人的智慧，隐含着诸多不为人知的故事。

拓所用的木材,要硬,耐磨,取材多用槐木。榫眼结构,这是木匠的基本功,打造拓,可以检验木匠手艺的高下,就像书法,要先习楷书。十二根上好的槐木方条,以榫眼相连扣,组成一个四方六面的木架子,一具拓,就大功告成了。当然,制作的时候,并非我动动笔那么简单。拓是以牛作为动力,当然,也有用马或驴的,不多见,在地上滑动,来完成运输的一种农具,其运输的物资,主要是犁、耙。

春耕秋耘,拓便有了用武之地,一般三头牛拉着拓,拓上放着犁、耙,赶牛者,也是犁田的人,坐在拓沿上,牛鞭甩起,鞭声在半空炸响,如同司机发动好的汽车,离合一松,启动。春日,天高地迥,在暄软的乡道上,拓在老牛的拉动下,缓缓地前行着。春日地气上升,在春日阳光的中,烟波浩渺。拓,便如同一叶小舟,漂浮在岚气游动的地面,小麦才返青,那种绿,生意盎然,柳叶,在枝条上飘动着,如同舞动在五线谱上的音符,歌唱着春;拓,在回春的大地上,亲密地摩擦着,该是怎样的一种温暖,我想只有去问与拓无间的泥土了。行在秋天里的拓,别有一番滋味。犁田收工回家转,拓上,除了犁耙之外,多了几只盛满草的篮子,猴在拓沿上的孩童,赶牛人很温和,咬着烟管,说一声,坐好了,鞭子一摇,拓随牛慢慢前行,遇见人,招呼一声。小孩见拓来了,便追,没有地方坐,只好脚踩着拓底,手扒着拓沿,赶牛人回头一笑,小家伙就立马讨好地咧咧嘴……

平时,拓被放在大场上,远远地看上去,很安静,是不是真的安静,我看着悬,否则,就不会有这么多鸡,飞到它的身上,或打盹,或梳理毛发,或干脆把头插进翅膀里……一待就忘了时间,大红公鸡,芦花大公鸡,或许想提醒懒懒散散的母鸡,还是它自觉有什么责任,一声长鸣，打破了无边的寂静，同时，声音也被无边的寂静吞噬。麻雀也来凑趣，见缝插针，一只落下来，两只落下来，一群便落了下来，拓沿立马就疙疙瘩瘩起来了。拓大约很享受这一切，觉得这样的日子，才有滋有味。

平日里，我想拓最喜欢的，应是我们这些孩童了。没事的时候，就喜欢和它在一起，骑大马，钻狗洞，爬上爬上，几人合力，给他翻个身，打个滚，它不烦，也不恼，怎么样都行，像个慈眉善目的得道老者，滤去了火气，存留着温暖。

无论雨天，还是雪天，拓都待在大场上，似乎不怕风吹雨打。雪天里的拓，很庄重，却又不失幽默感。拓沿上，肥肥的雪，让拓一下子胖了起来，胖得变了形体，遥望一眼，白中隐着苍黑，有种思考的力度，近瞧，就想笑，会心的那种笑，相对平时那种样子，很搞怪，雪，让它显露另一个侧面。我想万事万物，都有它的另一面，只有少机缘看见而已。

拓，农耕的文明，被称作铁牛的拖拉机的轰鸣声，赶到了一边，随着农村普及了机械化，它连一隅都占不着了。似乎还没反应过来，那些曾经与它玩耍过的孩子便有了孩子。有一天，去寻它，却了无痕迹了，只好返回自己的记忆，拓一张"拓"的影像，农具的老物件里，它不该缺席。

第五辑 说粥

韭菜盒

汪曾祺先生待客有道菜，很不起眼，他却能做出汪氏风格来，那就是凉拌菠菜。其做法，用滚开水烫至断生，切段，沥干，码在盘中呈塔状，菜头放作料，临吃时推倒放盐少许，浇老抽、香醋、麻油等拌和，据说口味不俗。开春以后，菠菜很快就起薹，看上去老了，其实嫩着呢，汪先生就买这种菠菜放在家中备着，以防不速之客。

我想韭菜盒也有此功能。好友突然造访，用它对付对付，是一种很不错的选择，饭与菜都有了，省时省事，方便快捷。这么说，我是当然有根据的。

一年春，晚上十点多了，我突然敲开了朋友的家门，她就用韭菜盒招待我的，用她的话说，用韭菜盒打发我，不吃不知道，一吃忘不掉，从此，一有机会便去她家，美其名曰，想让她打发打发了。

春韭新上市，鲜着呢。朋友麻利地系好围裙，在厨房里忙活了起来，而我在厨房分她的神。她从冰箱里取出面团，在面案上用力揉搓，死硬的面团愣是让她给揉活了，细柔的日光灯下，面团光洁柔滑，大约处子的皮肤就是如此吧，感觉用手一拍就能弹到天花板上。然后，把面团揉搓成条状，揪成一只只小小的面剂子，之后，揉搓小面剂，使之再生，把所有的面剂揉搓完后，稍稍让面剂恢复一下元神，这时，迷你的擀面杖便有了用武之地。只见小小擀面杖在她手中来回滚动，不一会儿，一张圆而薄的面皮就成了，看着圆而薄的面皮，我就无端地想到初夏池面上睡莲的叶。

在冰箱里端出韭馅，半成品，切好的春韭，放上虾仁，添加少许的盐、味精、五香粉之类一拌，韭菜盒的馅子就大功告成。取面皮包馅，对折，粘口，一只呈半月状的韭菜盒就诞生了，夜半时分，见着这案上"半月"，心仿佛被月光拂过一般。

平底锅置于电磁炉上，放油少许，用小挡，只听吱吱作响，面皮由白而黄，随之香气四溢，翻身再煎另一面，如是反复，油亮金黄，滚烫的韭菜盒几能直立。装盘，用筷子夹食，一口下去，酥脆鲜香，烫得我龇牙咧嘴，相极不雅。顾不了那么多了，直吃得满头大汗，直吃得老胃抗议，口舌还欲罢不能。

韭菜盒，非要趁热吃，感觉方妙，冷了，充饥而已。

韭菜盒的馅料，可根据自己的喜好添加，但韭菜是绝对的主角，否则就名不副实了，诸如韭菜拌鸡蛋，韭菜拌肉泥肉丁肉丝，等等。说到韭菜拌鸡蛋，我还闹出点笑话。那晚朋友跟我聊时，我说鸡蛋拌韭菜，黏糊糊的，多恶心。她就笑，你猪脑子啊，鸡蛋不能炒熟，我也笑，我的脑子不会脑筋急转弯，大笑。

韭菜盒，家常小吃，做法看上去简单，想做好，远非易事。形可似，神难状。神者，韭菜盒之味也。我想人世之间，但凡经得起人们品味的东西，都会有其独特的个性，令人难忘。

说"粥"

粥，国人大都喜食。

孤陋的我，曾一度以为，粥，就是家乡的豆浆。我老家苏北邳州的铁佛一带，过去，农作物一年两季，麦茬豆，豆茬麦，一方水土养育一方人，乡人便用大黄豆磨浆煮粥，原汁原味，怎一个"香"字了得。

集市上卖的粥，据说豆浆掺有米粉（按比例，有一定的技术含量），一来可以降低成本，再者就是粥不挂碗，粥喝完了，碗，干干净净的，洗刷过似的。

早集，街上，稀稀落落的行人，道旁，简易的粥篷里，雾气腾腾的，"喝粥了——"一声吆喝，吵醒了街市，人，三三两两趋向粥篷，长长的木柄勺子伸进粥缸，一勺一碗，酒要满，茶要浅，盛粥在酒与水之间，眼看着，手攥着，刚刚好，顺手抓把盐豆子，撒在粥上，油光光，黄灿灿的盐豆子被粥捧着，不下沉，堪称一绝。

老家人的概念里，似乎没有稀饭一说，他们把粥以外的稀食统称为"汤"，在"汤"中，又分为糊涂（音），蒜糊（音）、粉浆、豆沫水……而今想来，蛮有趣的，汤，原意为沸水，怎么会把粮食加水煮的稀食称为"汤"呢？就像家乡人称开水为"茶"一样，无解。若想弄明白这些习俗，恐是要写一部大书的。

乡里，姓周的不说喝粥，姓汤的不言喝汤，都说喝"糊涂"。姓周的、汤的，给小孩子起名，大都叫药、信石、黄连之类，姓喝的赶紧想辙，那就叫金丹吧，吃了金丹，就等于打了预防针。大约这便是"汤"分类的因由，亦未可知。

粥，实不可小觑。

《说文解字》粥字条云：粥，会意字。从米，从二弓。"米"指米粒，"弓"意为"张开""扯大"。粥也称为糜，就是把粮食煮成的稠糊的一种吃食。在我国，有关粥的记载史，最早见于周："黄帝始烹谷为粥。"大约在汉代，粥始为药膳，据《史记》记载：西汉名医淳于意用"火齐粥"给齐王治病。

其实，粥主要是为了果腹，估计古代农业生产不发达，吃粥，就是为了省粮食。苏东坡有帖云："夜饥甚，吴子野劝食白粥，云能推陈致新，利膈益胃。粥既快美，粥后一觉，妙不可言。"郑板桥常以炒米为粥，有穷亲戚来访，泡上一碗炒米，就着咸菜，美美地喝上两碗，实在不孬。

不知何时始，粥被提升到养生的高度。南宋著名诗人陆游特推崇食粥养生，为此，他写过一首诗《食粥》："世人个个学长年，不悟长年在目前，我得宛丘平易法，只将食粥致神仙。"

粥的种类很多，根据粥的主料不同，名目繁多，不胜枚举。在众多名目的粥中，腊八粥，是绕不过去的。腊八，顾名思义，腊月逢八，逢八吃粥的习俗，由来已久，据说汉代就有了，为祭祀，以期风调雨顺，农人有个好收成。

相传，释迦牟尼云游四方，饿昏道旁，被一村姑救起，因家中少粮，便用少许的米加野果混煮，释迦牟尼醒来后，便在菩提树下静思，腊月初八悟道成佛。又说，朱元璋儿时为地主放牛，腊八这天，在野外放牛,饥饿难耐,见一老鼠洞,洞中有老鼠储备的越冬的杂粮,洗净,煮粥,甚是美味。

腊八粥,也称八宝粥,其实,也是时代的一面镜子,从粥的原料中,能窥豹一斑。哈哈,看来,食粥意味无穷。

说　梦

梦,很玄。

刘邦的母亲,一夜梦见与龙同榻,后来,就发现自己有了身孕,腹中的龙种,就是后来的汉高祖刘三。此事,有鼻有眼,司马迁在《史记·高祖本纪》上有记载:"刘媪尝息大泽之陂,梦与神遇。是时雷电晦暝,太公往视,则见蛟龙予其上。已而有身,遂产高祖。"《史记》可是我国的正史。果然,人生如梦。

民间有句俚语,做梦娶媳妇——想得美。这话,仅适用于一般的草民,对于一国之君,人家做梦娶媳妇,情况就大不相同。楚怀王游高唐,白日一梦,便被传为佳话,遂成典故,流传至今。

战国时,楚国大才子宋玉的《高唐赋》序便有此描述。楚襄王与宋玉游于云梦之台,见高唐之上云气变幻无穷。宋玉便把楚怀王的梦遇说给襄王,"昔者先王(楚怀王)尝游高唐。怠而昼寝,梦见一妇人,曰:'妾,巫山之女也,为高唐之客,闻君游高唐,愿荐枕席。'王因幸之,去而辞曰:'妾在巫山之阳,高丘之阻,旦为朝云,暮为行雨,朝朝暮暮，阳台之下。'……"

我觉着，这是宋玉写意的情人，此种情怀，从某种意义上来讲，是宋玉的情人梦，用哲学的语言来讲，其具有普遍意义。

梦与现实，到底有没有联系呢？梦到底是物质的，还是精神的？见仁见智。人世间巧合的事不少，偶然中也许有必然的因素。

《晋书》里有一个关于王睿的典故，王睿夜里梦见卧室的屋梁上悬着三把刀，一会儿，又增加了一把，亮闪闪的，在他的头上晃悠着，吓得他出了一身的冷汗，以为是不祥之兆。便问他的主簿李毅，李毅再拜贺曰："三刀为州字，又益一者，明府其临益州乎？"后来，益州刺史皇甫晏被杀，王睿果真就升迁做了益州刺史。

真是梦想成真。这事比做梦还玄乎，姑且说之，姑且听之，相较而言，我倒是喜欢一枕梦黄粱的故事。

据唐人沈既济的《枕中记》记载，唐开元七年，穷书生卢生进京赶考，在邯郸客栈里碰到了一位道士吕翁，两人共席而坐。卢生虽穷愁不堪，却有着一腔抱负，大约久积于心，不吐不快，便向吕翁倾诉。此时，店家灶上正煮着小米饭，用餐尚早，吕翁便从行囊中取出一个瓷枕递给卢生，让他枕在上面小憩一会儿，便可遂其心愿。

卢生着枕而眠，鼾声微起，如同蜷在吕翁身边的猫咪。睡梦之中，他梦见自己高中进士，升高官，娶娇妻，一路飞黄腾达，官至吏部尚书、御史大夫。不料遭小人诬陷，一贬再贬，曾欲引颈自刎，幸为妻所救。数年后，昭雪平冤，升中书令，宰相，封燕国公。所生五子皆登科，官高位显，子又有子，得孙十余人，享尽人间荣华富贵。梦中隐隐约约有股小米饭的清香飘来，忽而惊醒，睡眼蒙眬之中，见吕翁仍坐在其旁，不禁惊讶道："原来我做了一个梦呀！"

生命光阴之逆旅，人生，想来也就是这么回事，百代之过客，倏忽之间，梦一般。当今的网络世界，现实与梦幻似相融合了，网上冲浪，梦游现实。

日前，我的博客里，突然闯入一位"不速之客"，见其留言，时光一下子穿越到二十年前，恍然若梦，多少次，梦中的相遇，独这回更像梦，如此虚幻，可事实告诉我，的确，是真的。

生活往往如此，真真假假，虚虚实实。有时，我想若有把切梦刀，切去伪的，切去虚的，切去佞的，把美好的，诗意的，哪怕是朝云暮雨，哪怕是一枕黄粱，我都会切成无数小块，分享给大家。

说　酱

奶奶做了一手好菜，至少我是这么认为的，可惜以成既往，只留下了美好的回忆，或许因此，那菜香总是和着些许往事从我的记忆深处中逸出，犹如秋夜桂香，淡淡的，却令人神往。

其实奶奶做的菜也没啥特别，都是些家常的菜肴，可那普普通通的菜，一经她老人家的手，竟能点石成金，变作了美味。而今想来，她做菜的撒手锏就是酱。

此酱非眼下超市货架上摆放的什么辣酱、面酱、豆瓣酱……而是她老人家亲手调制的一种无名草根之酱，难登大雅之堂。我美其名曰"小麦煎饼酱"，因其主料就是小麦煎饼。那真是纯正的绿色天然食品，绝对啥剂都没有。

记得小时候，每年的夏季，奶奶把新上市的小麦在石磨上碾成糊，在鏊子上摊成煎饼，新鲜柔嫩的小麦煎饼，感觉犹如青春光艳的二八少女，散发着诱人的香味。奶奶很认真地把它一五一十地码成方垛，然后用在田里精心选摘的荷叶或蓖麻叶，一层一层地封盖，密不透风。奶奶做时非常细心。当时我不知道其所以然，现在想来，就是让煎饼发生霉变，大约一个星期的样子，揭开叶被，煎饼已被捂得白毛绿花，面目全非，就像一夜之间愁白头的伍子胥，原本张张充满青春活力的煎饼，干枯得像地衣。

阳光明媚的日子，还要把这些干枯的"地衣"放在阳光下曝晒，感觉它的样子如深冬的残荷了，就把它放进石臼里捣成粉末。那画面似烙在我的记忆里，奶奶坐在大门前的槐树荫下，面前拥着石臼，手持木槌，起起落落，发出咚咚的闷响。捣好的粉末用盐水加上新鲜的花椒叶拌和成稀糊。别的人家都是晒酱，顾名思义，就是把调制好的酱糊放在阳光下曝晒，唯独奶奶闷酱，就是把酱糊装进瓷瓮中，封上瓮口，如酿陈酒，月余方揭开封口，之后，上大锅，用大火烧开，再用文火熬，直至酱呈紫铜色，色泽鲜亮，泛着油光，稀厚适中方行，这需得有非常的经验。酱香不胫而走，足以弥漫半个村庄。奶奶总要把她熬制的新酱分送给东邻西舍尝尝，虽然村里几乎家家都做酱，可没有哪一家做得比奶奶的好。

我琐琐碎碎地写了这么多有关酱的文字，似乎闻到了奶奶做的菜香。从而我体味出，"酱"，"匠"也。有了"酱心"，何愁做不出"好菜"呢？这或许正是奶奶留给我受益终生的"菜肴"，是她老人家所不曾想到的。

说年味

年的味道，在于风俗民情。

年，农耕文明的产物，其根源在乡村，可以这么说，越是远离现代喧嚣，年味越浓，越淳朴。

年节，总有其独特的形式，诸如扫尘、祭灶、贴对联、守岁、祭天、放鞭炮……哪一种都令人回味。

小时候，除夕守岁很晚，起床却不迟，按理说小孩子贪睡起不来的，心里惦记着放鞭炮，床的魅力就大大地打了折扣。天上寒星还闪着，便在院中挑起鞭炮，父亲用烟头引燃了导线，身子急闪一边说道，把竹竿举高，头侧一边，不要抬头。噼噼啪啪……寂静的夜空就被打破了，似乎是同时，远处也传来噼噼啪啪的鞭炮声，瞬间，连成一片，犹如开锅的沸水。

放下手中的竹竿，天已蒙蒙亮，只见院中已摆上了桌子，桌上一溜三碗饺子，一只香炉，碗中的饺子已结了冰，炉中的香却烟雾缭绕，这是祭天，以期风调雨顺，五谷丰登，农人靠天吃饭。那时，父亲让我在桌前磕头时，我并没有想这么多，我盘算着磕完头，便可随心所欲地吃，无所顾忌地玩了。

其实，年从腊月二十四祭灶，就开始了。对于祭灶，我最有兴趣，不为别的，只为了用高粱秸秆扎马。天一擦黑，奶奶就把白天准备好的高粱秸秆拿了出来，我模仿奶奶用指甲把秸秆的须篾剥下来，就像剥香蕉，须篾放在一起，秸瓢放在一起，之后，取四跟须篾折成一般长短，当作马腿，寻一最长者，把它折成粘连不断的等长小节，绷直的须篾就被折成一圈圈的同心圆，一条写意的马尾巴就出来了，然后，把秸瓢制作成马身、马颈、马头，之后，用须篾连接起来，一匹骏马就大功告成了，昂首嘶鸣，神气十足。当然，我制作得有些不伦不类，常引得大家哄堂大笑，我不问，手拿着自己的杰作，开心不已。奶奶扎得虽好，祭品而已，终得化作灰烬。

祭灶时，气氛很隆重，全家出动，锅灶前，奶奶面色庄严，拿出剪好的稻草，煞有介事地喂马，然后同纸钱一道烧了。烧时，奶奶口中念念有词，大概是让灶王爷上天言好事，下界降吉祥吧。奶奶望着飞旋的灰烬，自言自语着，马跑得真快啊！大家对着锅灶磕头，仪式结束，糖果便可以分吃了。

在我的印象里，最热闹的时候，还是写春联。那时，村里能拿动笔的人不多，父亲算一个。记得每年的腊月二十八九，左邻右舍的很多人拿着红纸，让父亲给写春联。父亲让我打个下手，比如父亲写字的时候，我在前面牵着纸头，把写好的对联平放在院中晾着。干得熟练，得心应手，夸奖声不断，油然而生一种自豪感，心里很美。

有关贴春联，家乡有个习俗，丁忧之家，不可以贴春联，包括这一房未出五属的本家，三年之后，方可。不知是始于何时，在家乡，若见谁家门上没贴对联，心中就有数了。这一习俗依旧沿袭着，也算是一种孝道。

年节，喜庆的日子，也会有悲伤，年复一年的更替，过年的习俗不断地充实，年味，才丰富厚重。

说　爱

说爱，不是不好说，是说不好。爱的概念，无论内涵与外延，都太过宽泛，爱是挑在枝梢的花，是遥看的草色。

爱，通常来讲，多指男女之间的情爱，这也是人们最感兴趣的，历久弥新的话题，我觉得就此说事，说得好坏且不论，至少会有读者乐意听。

春日里的一次邂逅，由目及心，目光撞击着心扉，是赏心悦目，还是悦目赏心？说不准确，好在汉字中有个"缘"字，云破月来花弄影，虚虚实实，把爱情幻化得朦朦胧胧，水月镜花般，唯美。大凡美的东西，多脆弱，易碎，一如青花瓷。

爱情中的女人爱吃醋，似乎人皆共知的事。其实，吃醋客观地讲，并非女人的专利，不过，在男权化的社会里，女性不得不受此委屈。不说别的，就看吃醋典故的由来。

唐《朝野佥载》记载着一则小故事。相传宰相房玄龄惧内，朝野皆知，一直不敢纳小妾。唐太宗想笼络房玄龄，便赏赐美女给他做妾。

唐太宗听说房玄龄怕老婆，于是，便派内侍去房玄龄那里打探，果然，房氏一哭二闹三上吊，捎带一顿拳脚撕咬，老房衣冠不整几乎不能上朝，于是，御驾老房家，皇上赐"毒酒"一杯，让房玄龄纳妾罢了，不然就饮下这杯"毒酒"。

结果,房氏端起"毒酒",一饮而尽。所谓的"毒酒",一杯浓醋而已。

吃醋大约是女人的天性,本无可厚非,过犹不及,那是把爱看得太狭了,与其说是爱,不如说是私欲的占有。说这话,我是做好挨骂拍砖的心理准备的。真正的爱,是放手,放心,换一种说法,就是理解,信任,忘我。

沈三白曾在《浮生六记》中,讲述其妻陈芸为他积极纳妾的事,因未能成就良缘,觉得对不起老公,竟忧郁成疾,死于非命。

"芸素有疾……而憨(憨园,人名)为有力者夺取,芸往探始之,归而呜咽,谓余曰:'初不料憨之薄情乃尔也!'芸终以受愚为恨,血疾大发,床席支离,刀圭无效……"

有关林徽因的爱情逸事不少,大都被传为佳话,徐志摩空难之后,梁思成为慰妻念友之情,把一块飞机的残片挂在卧室,让林徽因晨昏相对。

金岳霖一直仰慕林徽因,一直追随着她,为林徽因独守一生。林徽因去世后,有一年,金先生在北京饭店请了一次客,老朋友收到通知,都纳闷,老金为什么请客?到了之后,金先生才宣布,原来当天是林徽因的生日。

前年,网络热词"私奔",一时之间,因王功权的微博私奔,爱情一词似乎一下子被洗亮了,"总是春心对风语,最恨人间累功名。谁见金银成山传万代,千古只贵一片情。"人们似乎一下子从万丈红尘中,看到一朵明艳的情爱之花。

我有一友,二十多年前,在南方打工,认识一位北方女孩,彼此深深相爱,却因为不是因由的因由,没有步出当时的社会压力,迫于无奈，不得不分开，以后，各自成家，又各自落单。二十年后，突然的相逢，似乎是命运的昭示，他们没有再错过对方，也算是花好月圆。看来，爱还需要某种执着。

问世间情为何物，直教人生死相许。

说得清楚吗？爱，彼此拥有，相互奉献，随时为对方牺牲一切，有时，我觉得爱并不复杂，然而，繁杂的社会，滚滚的红尘，爱常常迷失津渡，有时，两点之间的距离并非最短。

一双白色回力鞋

一直以来，都以为是因一双白色回力鞋，让我取得那次长跑的冠军。然而，那双回力鞋早已魂飞魄散了，它的模样也在记忆之中模糊了。而今，只是有关那次长跑的点点滴滴的记忆，常让我记起当年之勇。

读初中时，家距学校约有十华里，学校没有住宿条件，只得走读，早去晚回，阴晴不阻。鞋，可就受尽了苦。

那时，我脚上蹬着一双布鞋，鞋底是娘纳的千层底，鞋底虽号称千层，针脚也细细密密，可毕竟是布质的，不耐磨，加之那时年少走路又没个正经，从不看脚下，常常是鞋面完好如初，鞋底却早已洞开了，脚掌因而常扎刺，让娘在油灯下费神去挑，娘嘴上虽骂我走路不长眼，心里却是疼的，从她那小心翼翼地下针，我能感觉得到。

那阵子，社会上正流行一种回力鞋，白色的，鞋底是橡胶的，穿上它，真是足下生辉，常见有人穿着它，不知是故意所为，还是那种鞋真的回力，走起路来，脚下似乎装上了弹簧，真羡煞死人了。不过，眼馋而已，没有钱买，心里却时常惦念着，何日能拥有一双，这也成了我那时的一个梦想。

上学的路，没有人替走，我还得用娘纳的千层底去丈量，一天一天，脚上的鞋底一如墙上的日历簿，厚了薄，薄了厚，我的脚力也练了出来。

那年，学校举办春季运动会，班主任找我，让我代表班级参加长跑比赛，参加运动会，我还是大姑娘上轿——头一回，虽说学校曾开过不少次运动会，我都是扮演着观众的角色，从未想过能成为运动赛场上的一员，班主任愣是慧眼识珠，看我非五里之才。日后方知，缘由就在我每日二十余华里的路程，班主任看准了我的脚力、耐力，长跑肯定行。班主任当时抚摸着我的头说道：若是能拿到长跑冠军，班级奖你一双白色回力鞋。

长跑比赛的情景，依旧记忆犹新。跑道是校东边的绕田土路，夹道是高大的白杨。春日里，杨叶初发，随风猎猎，虽冠以万米长跑之名，其实远远不止如此，当然这无关紧要，拿下第一，对我来说才是最重要的，意味着一双白色回力鞋。

运动员悉数到场，都憋着一股劲，一声发令枪响，个个如离弦之箭，毫不夸张。我虽有脚力，却从未真正练过长跑，看着身边多名校体育队的"专业队员"，纷纷跑到我的前面，我觉得那双白色回力鞋离我是越来越远了。不过，我没有放弃，跑道还远着呢。谁笑到最后，谁笑得最美。我咬牙紧跟，起初的一段，我觉得有劲使不出，渐渐地感觉劲力散开了,力量与步调和谐一致了,越跑越自如,赛程不到三分之二,我就遥遥领先了。

每每想起这段经历,总觉得是得益于那双白色回力鞋,而今想来,动力固然重要,若没有那双双千层底作基础,练就了好脚力,班主任或许不会找到我,如此,那其他的一切都属空中楼阁,哪里还能奢谈别的?

记忆中的土月饼

那年八月十五,记忆之中,最甜美温馨的中秋节。

那时,我不知日子的清苦,有的吃,有的玩,就心满意足了。院中,父亲躬着身在桌上揉着面团。母亲变戏法似的在锅屋里端出炒熟的花生米、白芝麻,每人发两粒花生米,一小撮白芝麻。白白的芝麻炒熟后,个头似乎比生时胖了一倍,颗粒鼓鼓的,肥肥的,捧在手心里,还有点温和和的感觉,用舌头轻轻地去舔,在嘴中细细地嚼,满嘴的喷香。吃时,就见母亲给花生米去皮、敲碎,花生的清香如满地的月光,洒满了院落,母亲找来一只青花小瓷盆,把细碎的花生粒、白芝麻、白砂糖、炒面,放进瓷盆里,浇上些许菜油拌匀,这样月饼的馅就做成了。

此时,父亲手里的面团,已被他搓成了细长的一条。他直一直腰杆,打量着桌面上的那条细匀的面条,似乎踌躇满志,然后,把面条揪成一块块小面团，按扁，擀皮。父亲擀皮，母亲包，圆圆的月饼就这么诞生了。

包好后，把它们放在平底锅里去煎。闭目而思，煎月饼的情景就在目前。

父亲把月饼上锅之后，母亲就开始生火。不一会儿，父亲用清水点在锅里，只听"哧"一声，顿时，水雾腾起，父亲迅速盖好盖子。我们围在锅边，叽叽喳喳着如一窝小燕，眼巴巴地望着，嘴里不停地问，熟了吗？母亲笑着说，别急，快了。父亲揭开锅盖子，浇上一层油，此时的声响温柔了许多，之后，父亲把月饼翻个个，两面煎。那香味，从此就漂浮在我的记忆里了。煎好后，父亲还很认真地在月饼上贴一方小白纸片。

小院里，轻柔的月光洒在热腾腾的月饼上，我们围坐在桌前，人手一块月饼，父亲端起小酒盅，话匣子就打开了，许多故事大都随风流散了，只是有关月饼上的那方小纸片的传说，留给我的印象最深。

元朝时，蒙古族统治中国，那时，汉人的地位极其低微，与奴隶无异，统治者为了巩固其统治，害怕汉人的反抗，几家人合用一把菜刀，官逼民反，在中秋节，在月饼里夹藏反元信息，相互传递，相约大年三十造反。从此，月饼上便有了贴纸片的风俗。小小的月饼，竟有如此丰厚的蕴含。

团团的月饼，圆圆的月亮，每至八月的中秋，我就会想到那个温馨的十五，那时，父母正如一轮满月，我们犹如众星，家热闹得如同堂前叽喳的群燕。而今，父母独守空巢，常是月圆人不圆，那年中秋的情景，让我复习不知几多遍，在心底默默地念着，但愿人长久，千里共婵娟。

书　签

学生时代，估计没有多少人不接触书签。

书签，书页的休止符，如同点击暂停的播放器。这是我对书签形象理解的写意。准确一点说，是阅读至一处的标志。最初，我是就地取材，以书页本身为标记的，埋头读书时，忽有人招呼，便随手把该页一折；钢笔帽有时也可以作为临时的书签，读书时，感到内急，便把手里的钢笔帽取下，别在书页里；更多的时候，是用有着好看花纹的硬纸片，大都是随意而为，潜意识里自发的，没有故事。

记忆中，我的第一枚书签，是一片修长的蕨类植物的叶子，那叶子是由多对锯齿状花叶组成的，神似野鸡翎。一年初夏的周日，一时兴起，同学几人去艾山玩，山阴处，见一簇别致的野草，修长的叶子，随风摇曳着，似有悠悠的古意，我莫名地心生欢喜。有同学说，此草属蕨类，他在一口古井中见过，贴着古井壁生长，一簇一簇，葳葳蕤蕤的，当时，我就掐了几只留作书签。首次登场亮相，在茅盾的小说三部曲《虹》里，那时正值荷尔蒙分泌旺季，潮湿而又压抑的心，不可名状，书看得很那个什么了，所以那枚书签，便在我记忆的河边始终鲜活着，可那本书却在班里被同学们借来借去，不知所终。前两年，整理旧书，翻出一本绿皮日记本，封面的小窗口上嵌着当年的影星李秀明的头像，随手翻翻，一枚草叶打着我的眼了，还有已漫漶的文字，枯黄的叶把暗黄的纸锈了一片，如时光的胎记，何时夹进去的？那些打着青春印记的莫名的文字，在何种情境下丢下的？真的一点也记不起来了。

无端地就想到木心的一篇文章来，小时候，木心跟着家人去一寺庙还愿，喜欢上一只小碗，还愿而归，来到在河边时，却发现他喜欢的小碗忘记在寺庙里，雇工不得不回去取，翻山越岭去，翻山越岭回，小碗被取了回来，不曾料到，他拿着小碗在船边舀水玩耍时，一不小心，碗掉进了水里。"那碗在急旋中平平着水，像一片断梗的小荷叶，浮着，向船后渐远渐远……"那些曾留着我的体温的旧书签，多在时光中渐渐模糊，新的书签，又将会伴随着我，检点着书中的文字。"湘竹离离欲作堆，书签砚匣自追陪。"新的书签，有购书随送的，有朋友相赠的……最让心仪的，是一文友相赠的一套青瓷书签。

书签名曰青瓷，其质地并非真青瓷，乃是正面镀着青花图案及方文山《青花瓷》的经典诗句，背面钤有古韵青花方章的条状薄合金片，链穗巧妙地穿在上右角，掂量在手中很有质感，时尚中透着古雅。读书时，手持着书签，似别有一番情趣。

接到书签时，向友道谢。朋友说，怕经不起时间的磨洗，可能会生锈。我说合金的，估计不会生锈。合金，顾名思义，我估摸着是用不同种金属合制而成，并非单一的铁、铜之类，有容乃大，如博大的空间，时光徒奈何。

言罢，我们都笑了起来，笑声中，我似有所感悟，书签已不再是单纯的书签，似关乎情谊，正如读书不是为读书而读，终极是为了做人明理。

烤山芋

寒风一起,满街烤山芋的香味,日子,似乎一下子温暖了起来,味蕾被激活了,连带着记忆。

山芋,又称番薯、地瓜。相传明朝万历年间,由福建商人从吕宋(即菲律宾)带到我国,由于易种,产量高,很快就遍及全国各地。福州乌石山有一亭,名曰:念薯亭。据说乌石山上原有一祠,曰先薯祠,已毁,也不知可否重建,估计不会。而今,山芋已风光不再,仅作为零食的一种,点缀着生活。

三十年前,怎么说,山芋都不能算是好吃的东西,它的主要功能就是为了填饱肚皮,那个年代,吃山芋都吃出了"职业病"——胃病。

山芋,一般都在春天种植,也有夏天种植的。春山芋,秋后收获;夏山芋,初冬才从地里挖出来。种植山芋,要在田里扶埂子,山芋秧苗就栽在突兀的土埂上,估计是土埂子的土质暄软,山芋的块茎容易生长,山芋的秧藤很容易枝蔓,俗称跑秧子。盛夏,正是山芋秧生长茂盛的时节,为了节制山芋秧疯长,需人为地翻动山芋秧子,同时把杂草除去,所谓的翻山秧。

夏天,烈日炎炎,翻山秧不是好活,磨人又累人,对膝关节、腰是严峻的考验。小时候,我曾干过这活计,每言腰痛,总被骂,小孩子哪里有腰?今生难忘。不过,秋天,出山芋的时候,还是蛮有趣的,把山芋秧子割下来，用三叉一挖，成嘟的山芋，鲜嫩的皮，水灵灵的，粉红，偶有变种，皮色雪白，雪白的山芋煮熟了，粉粉的，噎人；红皮的山芋，看着顺眼的，可当水果吃。在山芋沟里，燃一堆柴火，把山芋放在火堆里，干完活之后，从火堆里拨出山芋，用手一捏，软软的，撕开皮，红瓤冒着袅袅的热气，下口一咬，烫烫的，又香又甜。

山芋不易储存，就把山芋刨成片，在秋阳下曝晒，晒干之后，拾起来，入仓，这就是全年的口粮。那时，精米细面少见，一年到头，难得吃几次。山芋、山芋干能年头吃到年尾，在农村，家境也算是不错了。曾听老辈人讲，秋天出山芋时，有人打赌可吃一粪箕子山芋，一粪箕能盛二十余斤，结果煮熟之后，真让那人吃光了。故事是能说明点问题的，一是那人是大肚汉，能吃；另外说明那时人的肚皮没油水。其实，那时这样的大肚汉多的是。莫言曾在《吃相凶恶》一文中写过，70年代，他曾去水利工地劳动，半斤干面一个的大馒头，他一顿能吃四个，有的人能吃六七个。他当兵时，从新兵连分到新单位，一次吃了八个馒头，炊事员对食堂管理员说，坏了，来个大肚汉。管理员笑一笑说，吃上一个月就吃不动了。肚子没有油水，只能以大食量满足身体所需。

秋山芋，要到初冬才能出，经霜的山芋秧，叶子都黑了，虽不能光合作用了，秧藤还有养分可输送，直到大地冰冻了，人们才开始出山芋，产量虽不如春山芋高，但由于经过了霜冻，好储存。一般情况下，秋山芋都留着窖藏，三九寒冬，也有新鲜山芋吃，总比山芋干要好吃得多。山芋，味道确实不坏，可即便是美人，晨昏相对也会倒胃口，更何况粗质的充饥的山芋。家乡有句说人笨的俗话，吃山芋不知倒把。可见，山芋都把人给吃呆了。

据说曾有一位爷爷给孙子讲吃山芋的苦难历史，无非忆苦思甜，可孙子并不买账，听后，直说爷爷幸福，天天有烤山芋吃。时过境迁，此一时，彼一时也，似乎已不是代沟的问题了。

大白片

我至今都不能确定，那次患的是否是疟疾。

小时候，曾服过预防疟疾的药。红、白两色的小药丸，小豌豆般模样，甚至连大小都相仿，红色的药丸，苦，裹着糖衣，需用水冲服；白色的，甜，可直接嚼着当糖吃，省水，通常吃完了，还会另讨要。服用这种药，是有副作用的，有人头昏，甚而呕吐，据说尤其是能当糖吃的白色药丸，副作用更大。

当时，服用预防疟疾的药，是一项政治任务。当然，那时我不会知道这些，只知道跟着工作人员的屁股后面瞎跑着玩。配合着服药运动，村里到处张贴五彩纸的宣传标语，标语上写的什么呢，字都不认识我，不过，有关的诗歌，我依稀记得几句：疟疾蚊子传，得病误生产，革命受影响，身体遭摧残……小孩子的记忆力就是好，记住的，一辈子都不会忘。

按说，儿时服用过预防疟疾的药了，更何况，还让我多吃了不少，估计疟疾虫不敢招惹我，好像是我的一厢情愿吧，谁知道呢。

读初二的那年秋，我发高烧，没钱看医生，只有自己扛着，上课时，人没有精神，恹恹的，窝在课桌前，像一摊泥，同桌看我通红的脸,摸摸我的额,烫手,让我回家,他帮我给班主任请假。

那时住校,学校离家五六里路的样子,基本上一星期回家一次,那天,病得实在难受,决定回家。我不知怎么走出学校大门的,怎么走进家的,只觉得一路蹒跚着,头重脚轻,两腿软绵绵的,天旋地转,眼瞅着脚下的土地,在我面前凹下去,浮起来,又凹下去,光秃的杨树也跟着高高低低地转动着。我只记得在半道的土堰上,呕吐了一回,酸酸的呕吐物,熏得草丛中的蚂蚱乱飞。当然,也有可能是我呕吐的声音惊吓的,管不了这么多了,嘴,黄连般的苦,口腔却无法分泌出更多的口水来稀释。总算是到家了,却碰到了铁将军把门,在门头上,我寻摸到了钥匙,打开门,在大锅里捞出一块煮熟的山芋,半躺在院中,吃着山芋。此时,秋阳从西边照过来,暖暖的,我感觉却冷,冷得牙齿都在打战,山芋吃完了,又睡了一会儿,家里还是没有人回来,我知道父母都在田里秋忙,我不想让他们为我分心,于是,我又回到了学校。

晚自习,同桌见我又回来了,二话没说,回家拿来两片大白片,他说我可能患的是疟疾,他姐是医生,寝室里,他让我先把大白片吃了,吩咐我别去晚自习了,安心上床躺着。吃大白片时,几次欲呕吐,还是让我给顶了回去,我知道药虽苦,但疾病更难受。躺在床上,感觉自己不是躺在床上,似乎是躺在一条船上,又像是半悬在空中,不知何时竟睡着了。次日,起床之后,热已退,走路也不再打摆,给人的感觉,好像从船上,一下子蹦到了陆地。后来,同桌又包来几片大白片,让我接着吃,大概我吃了一天,就痊愈了。那种大白片,真不是人吃的,要不怎么说是病人呢。

后来,同桌告诉我说,那种大白片叫奎宁,专治疟疾,但我不能确定,我患的就是疟疾,我始终以为是感冒发高烧,因为我儿时曾吃过预防疟疾的红白药丸。我的同桌，姓田，三十余年了，一次都不曾遇见过，不应该的，更不应该的是，我居然忘记了他的名字，我只记得他的一只眼睛有点疤痕，人送外号田疤眼，在学校时，同学们大都喊他外号，名字反倒淡远模糊了。

那些夏日的夜晚

干净的土场，苍茫的星空，嘈嘈切切的私语，大人小孩，远村近树，似乎还有隐隐的雷声，噼啪的雨点……这些夏日夜晚的情景，时常会浮现在我的念想里，画轴般挂在心头。

白杨绿柳，知了一阵一阵地吟唱着，夏天便沸腾了，到处都绿得发亮。"茅檐低小，坡上青青草"。屋里闷热，那就去外边睡吧。太阳下山的时候，小河便热闹了起来，没入清凉的水中，让清亮的河水慢慢地稀释掉身上的汗味和暑气。从河里出来，汗水随着脚步又回来了，不管了，洗过心底便敞亮亮的，汗水想流，那就悉听尊便。回家顶一领芦席，直奔村头的大场而去，麦收后的大场，洁净得水洗一般，两个或三个高大的麦草垛就蹲在场边，却不挡晚来的凉风，似乎在那儿恭候凉风的大驾光临。

大场上，已被一领领芦席占满了，席上坐着劳累一天的大人，嘴里咬着烟管，闲聊着过去不远的麦收，粮归仓，草归垛，该种的都已下田，风调雨顺的，这老天爷当得真好。人们望着满天繁星，感恩着上天。农民是靠天吃饭的，对于老天充满了敬畏。这让我想到平时吃饭时，奶奶总要在开饭之前，把饭菜有意识地拨到地上，以敬天地，腊月二十四的晚上，还要扎马备料，让灶王爷上天言好事。大人们闲聊时，小孩子们在玩着莫名其妙的游戏，他们从这领席跳到那领席，口中念叨着只有自己才懂的歌谣，欢闹着，你追我赶。那边，有人在讲古，吸引着一圈半大的孩子、老人，《西游记》的片段、《水浒传》的章节、《三国演义》《说唐》……也讲抗战打小日本，抗美援朝，讲这些故事者，大都是亲力亲为，似乎在回味着当年勇。夜静悄悄的，蝉声不时从场边的柳树上传过来，还有一阵一阵的蛙声，蛙声叫得真整齐，似乎受过专业训练，有时叫得正起劲，戛然而止，一刀切下似的，仿佛有人在喊口令，齐刷刷的，一点动静都没有。这样寂静保持分把钟的样子，重又开唱，那节奏，飞机上挂暖壶——高水平，平仄平，仄平仄，吟诗一般。

夜渐渐地深了，天空的星星更加璀璨，一条长长的银河，如八月炸开的石榴，高远的模糊成片片云影，近前的似挂在太空中的盏盏街灯。看见了吗？北边的那七颗星，像一把勺子，那就是北斗七星；银河边最亮的那颗，织女星，对岸有一排三颗星，中间的大而亮，两边的暗而小，那就是牛郎星，两颗小星是他挑着的儿子。于是，有人开始讲牛郎与织女的传说，从此，我深深地记住了，那条天河是王母娘娘用玉簪划的。小孩子们望着北斗七星，唱起了童谣："勺子星，把子星，天河南，沂河东，谁能数七遍，到老不腰疼。"不信数不到七遍，深吸一口气，快速地数着，或许小孩子的肺活量小，谁都不曾数到过七遍，有时，大人也掺和进来，数着数着，就把勺子星说成了袜子星，引得哄堂大笑。

在那些星星之中,我觉得最有趣的要数慌忙星了。慌忙星,有大慌忙星、二慌忙星、三慌忙星,这是我躺在芦席上,父亲讲给我听的,故事的来龙去脉记不清楚了,大约是说大慌忙星最懒,大天亮才起床,匆匆忙忙的,有劝诫人们要勤奋的意思。后来我知道大慌忙星就是启明星,即金星。启明星启明,与懒散何干?

夏天的雨水多,下雨的时候,就不能到大场上凉快睡觉了,心底便有种莫名的失落。父亲便在大床上扎起了架子,用塑料纸蒙住,边上留有小门,床便在父亲手里戏法似的变作一间小屋。"小屋"放在院中如伞的银杏树下,我躺在父亲的脚边,隐隐的雷声从远处不时传来,雨点打在塑料纸上,刷刷地响,雨还是位乐手呢,在淅淅沥沥的雨声里,沉沉地睡去。而今想来,在心里闪出一个词:浪漫。迷蒙的雨雾中,庭院如一汪烟波浩渺的湖,白色塑料裹着的床,恰如一叶扁舟,在风雨中飘摇。因为父亲在身边,扁舟稳稳地泊在岁月的深处。

那些夏日的夜晚,唤不回了,我只能用文字去接近,抵达,定格。

烧杂鱼

从老家回宁已好久了,烧杂鱼的味道,还在记忆里飘香。

杂鱼,不是某种鱼的土称,就像刀郎不是一种昆虫,所谓烧杂鱼,就是把不同种类的鱼混在一起烩。如此而已。

此种烧法,很土,很原始,很怀旧。家乡邳州地处苏鲁交界,京杭大运河穿境而过，又是沂蒙山地区的泄洪走廊，沂河，武河，沙沟，黄泥沟……虽是平原地带，河网却纵横密布，坑洼之处都有蓄水，有水就有鱼虾。小时候，物质匮乏，常到河里、沟里、水洼里，捞鱼捉虾，逮回来的鱼虾，自然大小不匀，种类不一，收拾干净，就下锅，也别指望锅里放多少油，不放油也是常有的事，不过，没有油也没什么关系，有盐，有辣椒就行了。那时，谁家屋檐下不挂几串干红椒，当然，也可以到自留田里摘半笊篱新鲜的青椒，地锅，柴火，河水煮活鱼，加上辣椒、花椒、盐，菜园里种鱼松的，掐一把鱼松，千滚豆腐万滚鱼，大火煮，小火煨，鱼汤慢慢地变得雪白，鲜香随着水汽氤氲开去，吃相自然就雅不起来了。要解馋椒子盐，辣得满头冒汗，嘴吸着凉风，还不忘骂娘。

　　后来，日子好过了，仓廪实而知礼节，没有人再这么吃了，嫌土，不体面，待客更是上不了台面。再后来，日子似乎又上了一个台阶，满眼都是胖子，也就在这时候，家乡的土地好像金贵了起来，造纸厂，纸板厂，银杏黄酮厂……于是乎，洼地不洼了，河水也瘦了，瘦往往和黑牵连一起，黑瘦黑瘦的河水，散发着难闻的气息，此时，鱼虾少了甚至绝了，不过，菜市上的鱼，又大又漂亮，乡人对着菜市又大又漂亮的鱼，好像是突然就怀念过去的烧杂鱼了。

　　今年暑期回趟老家，多年没有回去，同窗好友自然少不了要聚一聚。多年不见，老同学安排一家据说是最好的酒店，一大桌子菜，每上一道菜，漂亮的服务小姐都要报菜名，花里胡哨的菜名，我一个也没往心里记，倒觉得服务小姐的声音，活色生香。上主菜时，老同学示意服务员别作声，让我猜是什么菜，只见一大青花瓷盆的鱼，我认得就有土名吱咯燕（学名昂刺）、鲇鱼、鲫鱼、泸沽之类，当时想主菜一定大有来头，从未见过此菜，便无奈地摇头。真不知道？真不知道。同学哈哈大笑道，你小时候肯定吃过的——烧杂鱼。

那一餐，吃得很热烈，白酒，啤酒，高叫，低吼，猜拳行令，面红耳赤。出了酒店，凉风一吹，一大桌子菜，我只记得烧杂鱼，满桌子的人，我只记得老同学的笑脸。

老同学送我回宾馆，喝茶闲聊。他说，改天我请你去沂河边吃烧杂鱼，那才地道，活鱼现烧，地锅烧杂鱼，烧柴火，锅是生铁大锅，锅边贴玉米饼子，鱼是在沂河现捉的，拦河的大网，玉米面也是自产的……说到拦河的大网，让我想起小时候，村东武河就有这样大网，起网的大绞盘就在岸边，没事时，常去那里看人起网捉鱼，绞盘吱吱咯咯地响，网慢慢地抬起，网纲才露出水面，鱼似乎感知了危险，便在网里乱窜，水花四溅，此时，我都会兴奋得又蹦又跳。

我说，太好了，哪天一定去，不醉不归。最后，还是没能与他去沂河边吃地锅烧杂鱼、贴玉米面饼子，酒店一聚，次日，我就回宁了，当时，他正聊在兴头上，我怕扫他的兴，同时，也给自己留个念想。

墙的命运

中央电视台的天气预报，是我非常喜欢的一档节目，尤其是它的片首设计，在优美的音乐声中，四季的画面更替，很美，真是在一睁一闭之间，别有洞天。春有花香秋有月，夏有凉风冬有雪。季节无言，物候有声,天机就这么被泄露了。不知因何,我莫名地想到了家中的房屋,确切地说是屋山墙的墙面。

当晨曦漫过村东的杨树林,最先洒落在我家的屋山东墙上。那时,屋是土坯墙,小麦秸草的茅顶,真可谓"黄土筑墙茅盖屋",不过,并非"门前一树马缨花",而是一棵高大的刺槐。记忆中,刺槐亭亭如盖,有的枝杈挑过屋脊,初夏之时,一联联的绿叶之间,隐约着串串粉嘟嘟的槐花,清新爽气。不过,在我眼里,它只是屋前的一棵树而已,它远没有屋山东墙的宣传画引人注目。

屋山东墙,不知何人何时刷了白石灰,雪白雪白,白色的粉墙上,有一幅杨子荣打虎上山的巨幅画,杨子荣一手撩开大衣孔武有力地掐在腰间,一只手指向远方,两目圆睁,炯炯有神地向着手指的方向,遥望远方,白灰相间的斑纹虎皮夹袄,草绿色的军大衣外套,方正的"火车头"帽子上,一枚五角红星,格外醒目,苍茫的雪原林海的背景。

时光就像天气预报的片首,不知不觉,斗转星移。杨子荣打虎上山的巨幅画像,被岁月的风雨剥落,已面目全非,一如这座老屋。有一天,我忽然发现,有人又用白石灰把东山墙重新刷了一遍,墙面之上,画有华国锋主席的头像,胖胖的脸,肉肉的两颊,面带微笑,目光慈祥,下面书有一行大字,依旧是仿宋体,你办事,我放心。那时,"四人帮"被打倒了,祖国百废待兴,印象最深的是,学校已不再开卷考试了。

之后不久,父亲翻盖老屋,三间青砖瓦房在村东绿杨掩映之下,悄然地抬起了头。这时,时光已进入20世纪80年代。某一天,青砖的东山墙上,赫然写着:黑猫白猫,逮着老鼠才是好猫。或许是干净的青砖墙体吧,这次没有人给刷白石灰水,字依旧是仿宋体。

发生这一切，似乎都是悄无声息的，就像四季的更替，不知何时吹来的第一缕春风，不知何处破土的第一株草芽。说实话，看着那些画与字时，我并没有刻意地去记它，却烙在我的记忆里，像是我一路走来，所遗下的足迹。我有一段时间不懂，问过似乎还是不大明白，后来读书了，才知道是怎么回事，所以记忆较深。

我所以想到以上文字，前两天，我接到父亲一个电话，他惊喜地告诉我，我们家的东山墙出租了，出租给人家做广告墙。这个世界只有你想不到的，没有什么不可能的。

进入了新世纪，我家的青砖瓦房变作了三层小洋楼，村东的大路也浇筑水泥，宽阔无尘，走在那条洁净的水泥大道上，远远地就能看到我家楼房的东山墙面，虽不至于三朝三暮，不过，你感觉已走了好久了，可回首时，目之所及，依旧能望见那面山墙。

父亲在电话里兴奋地告诉我，墙面都用白油漆刷的，真好，人找钱不好找，钱找人好找……父亲觉得捡了个大便宜。从墙面无条件的服务到有偿出租，或许父亲从不曾料想过，我也没有。我仰首望着广告墙面，感觉墙面似乎就是一巨大的电视屏幕，它一直在变化着。

偷瓜记趣

古训曰：瓜田不纳履，李下不整冠。记趣偷瓜，未免有些荒唐。非也。任何事物都不能一概而论，否则，只能是钻牛角尖，生活哪里还会有山穷水复的乐趣?

曾在一QQ群里,见一趣图,一光屁股小男孩正玩弄着小鸡鸡,被一只大公鸡窥之,以为是虫子,去啄。忍俊不禁。由而想到沈三白的一则趣事。

沈三白小的时候,顽皮。一次,在他家的后花园里玩耍,他的小鸡鸡被虫叮咬,红肿异常,几乎不能小便。家人用土方子给他治,扒开鸭子嘴去哈,鸭子抖动着长长的脖颈,犹如吞吐之状,吓得沈三白大哭。

童心不伪,趣味横生。我记趣的偷瓜,相类于此,也发生在天真无邪的少年岁月。

一年初夏,早饭后,照例几人结伴去上学,半道遇见一卖黄瓜的,于是,一哄而上,心照不宣地围上了瓜挑子,只见那根根细长的黄瓜,如窈窕淑女半倚在竹筐中,巧笑倩兮,美目盼兮,勾人魂魄。我们便成了卖瓜者的影子,他行,我们就行,他停,我们就停,这似乎不仅仅是为了一解眼馋,终于得了手,待吆喝声远去,拿出战利品,在瓜身上,按人头划痕,一人一口,不许咬过。而今想来,那根黄瓜的滋味似乎依旧在唇齿间,伴着新鲜的瓜味,我似乎还能品出别样的味道来,更甚于瓜味。一个长期走街串巷的生意人,多么精明,他还不能洞悉几个小毛孩子那点鬼心思,他是故意装着不知晓,让我们的小小阴谋得逞,在我们得意欢笑的时候,我想他的心一定被笑声哄得暖暖的。

暑期中,无所事事,铲草喂猪,就是我们的活。那时,没有暑假作业,即便老师布置了,也没人执行,没有什么兴趣班,更没有家教一说。除了调皮,就是捣蛋,我还没想出能干些什么。孤单单一个孩子,即便是在调皮,也掀不起多大的风浪,更别说那些生性老实木讷的孩子了,几个小孩子聚在一起,情况就完全不同了,常会做出一些令人匪夷所思的事情。

这不，一群人疯到瓜田边，就打起了瓜的主意，大约是看多了枪战片（解放军打鬼子），不觉间受其影响，草篮子往地头一放，开始分工，还挺细致，（就是忘了把草篮子隐藏起来）有人站岗放哨，有人去瓜田偷瓜，有人负责接应，站岗的人以口哨为令，一声哨说明有情况，二声哨说明有危险，要撤离瓜田，准备逃跑，一切就绪，开始行动。

瓜田通常在小河边，站岗放哨者在岸边鬼鬼祟祟，哪里是站岗啊，简直就是泄密，看来无论何事，过犹不及，人一装，就完蛋。其他人顺着岸坡匍匐前进，一直爬进瓜地，日本鬼子进村似的，见瓜就摘，不问生熟，然后扔给接应者，满载而归后，跑到无人之处，分享胜利果实，之后，畅谈心得。

一日，故伎重演，有说有笑走向草篮子，就在这时，只见看瓜人正坐在我们的草篮子边，守株待兔呢。当时，魂都吓飞了，近前不敢，逃跑更不能，正不知如何是好，看瓜人发下狠话了，事不过三，下次再捉着你们，谁也别想要草篮子。我们才长长舒了一口气。

后来，读此地无银三百两这则笑话时，我便不由得想到草篮子放在地边偷瓜的那一幕。少年时光，倏忽而过，偷瓜的少年郎，模糊成一片旧影，可有些东西，在我心底越发明晰，人间自有真情在，善良与美有时并不抽象。

【第六辑 秋色梧桐】

燕子、麻雀及其他

提到燕子，自然而然就会想到那首童谣：小燕子穿花衣，年年春天来这里。这里是哪里呢？无疑是歌者所处之地，如同人们头顶的月亮，月亮走我也走，可见燕子之众，旧时王谢堂前燕，飞入寻常百姓家。

顿着童谣之音，穿越到儿时，燕子就是那一粒一粒音符。茅檐低小，坡上青青草的乡村，不仅是杂花野草的世界，也是飞鸟的天堂，尤其是燕子，似乎是每个家庭中的成员，上学或放学的路上，望着头顶斜滑过的燕子，便会说，这只燕子是我们家的，话语中透着亲切与自豪。那时，村中大都是土茅屋，院墙也是土墙，土墙与茅檐之间多隙，便成了麻雀的栖居之地，土屋四面都留有雀眼，顾名可思义矣。土屋的大门留有门头，那是一条宽敞的燕路，对于燕子来说，大约类似高楼大厦的安全通道，一条铁丝横穿院落，俗称阳条，有时，我就想咱们的先人太有才了，阳条可不就是拉长的阳台吗？别看这根不起眼的阳条，无意之间，便成了燕子歇脚，唱歌的舞台，夫妻燕在此打情骂俏、轻歌曼舞，人至不惊，而麻雀蹲在上面，常常鬼鬼祟祟，少有风吹草动，便逃之夭夭。

老屋木椽子上，筑有燕巢，一二窝正常，多了也不足为怪，有人把家居燕子的多寡与日子的兴衰牵连在一起，火燕子吗，燕子多多，隐喻着日子过得红火。记得我们家的堂屋里就有两窝，其中一窝就在饭桌的正上方，怕有燕子粪便遗落，特用废旧的斗笠挂在燕窝之上。小燕子破壳之日，正是老燕子忙碌之时，一只燕子留下来看护，一只燕子去觅食，只见燕子滑翔进屋后，另只燕子就快速离窝。有时，喂子心切，飞得过快，为了减速还要在屋内盘旋两圈，才能落到窝边，此时，小燕子早就叽叽喳喳地张着大嘴等食呢。老燕子把捉来的虫子，一一吐到小燕子的嘴里，喂完了，就在窝边守着。如此，你来我往，小燕子一天天长大，长大之后，带出去练飞，据说燕子要飞到很远很远的地方去越冬，没有过硬翅膀怎么能行呢。雏燕在窝里，一天天长大，个体的体积大了，有时会有小燕子被挤掉，小孩子是不敢随便捡起来玩的。据说玩燕子会秃头。

相对燕子，麻雀似乎不那么令人讨喜，不明何因。

放学后，三三二二地聚在一起去捉麻雀，墙高人矮，没有梯子，就用人梯，通常是傻大个当梯子，小机灵鬼当"枪手"，大个子蹲在墙边，有人踩其肩，慢慢起立，矮子此时就成了巨人，人们常言的踩着肩膀往上爬，大约就是这个样子。掏麻雀的老窝，有时，老麻雀就在不远处看着，急得叽叽喳喳狂叫，却毫无办法。（人有时就是那么残忍）摸着蛋就放回去，小的也不好玩，放回去，只要半大的，基本成年鸟了，只是少历练，翅膀还没硬，好喂，也好玩，剪去翅羽，或用细绳系在腿上，放飞，玩死了，打牙祭。

麻雀的繁殖力惊人。玩的鸟中，尚有许多，诸如，斑鸠、布谷鸟之类，布谷鸟的巢在芦苇里，捕捉时费劲，芦苇面广，且有水。总之，那时，不经意之间抬头，就会看见满天的飞鸟，当然也包括燕子、麻雀了。那时的庄稼，菜田大都无须喷洒农药，有时秋后，菜叶上出现蚜虫了，撒些草木灰，便万事大吉了。

农历七月七,传说燕子都飞向天河,给牛郎织女搭桥去了,多可爱的燕子啊!大自然的精灵。人类却很自负,自称是灵长目,想要主宰着大自然,人定胜天,于是乎,讨喜的燕子稀了,繁殖力惊人的麻雀,也将成稀罕物了。

其实,在大自然的大家庭中,谁也别想成为大自然的主宰。爱默生在《自然深思录》中这样描述:"当蚂蚁仅仅被看作蚂蚁时,它的本能就显得微不足道,然而,一旦它与人之间的联系像一道光照过来,使我们的眼睛为之一亮,这个小小的苦役者就被我们看成了一个道德的劝诫者,小小的身体里装着一颗全能的心。"倘若把蚂蚁的身体尺寸放大到和人一样,人类岂是蚂蚁的对手?

蝉

蝉的成虫,是一种很美的野味,我们那儿称之为姐儿龟。此大抵出于民间,曰龟,生动、传神,至于"姐儿"二字,我始终有所怀疑,似乎无解。

姐儿龟褪去外衣,犹如毛毛虫化蛹成蝶,美其名曰:蝉,或曰:知了。大约知了因其声而得名,可感易记,妇孺皆知,名副其实的声名远播。知了在我们那儿,那个"了"字读la,也难怪,了字是多音字吗?叫la时音轻且短,重音在"知",听起来,有种急促之感,很有地方特色,有味。

每至盛夏，暴雨之后，干坼的大地变得松软了起来，正是姐儿龟爬出窟的好时机，而此时，正有人惦记着它呢，乡村雨天无农事，男女老幼，家前院后，皆屈膝弯腰，探头探脑，寻觅着姐儿龟做肴呢。

小的时候，以此为乐，口福倒在其次。右手握把铁铲，左手提着罐头瓶，伙同一群向野外树林进发，常常在大树的根部，用铁铲抢去地皮，不时会给你惊喜。除去浅浅的一层土壳，豁然惊现一眼小孔，那兴奋劲如同鱼儿咬钩，用手指轻抠小孔，豁然一洞，用细树枝探进洞中，姐儿龟便会援枝而上，自投罗网。真可谓一分耕耘一分收获。姐儿龟更多的是借着夜色出窟，援树而上，褪衣成蝉，我们也常趁着夜幕，悄悄地潜入树林，开枪的不要，一把手电足矣，对着树干一照，一晚上下来，收获颇丰。

那些逃脱手掌的姐儿龟，在高树之上华丽转身，悠然地骑在树枝上，隐没在绿叶间，打量着这个世界，或许是站得高看得远，似有所感悟，高声叫着知了，知了，尤其在暴烈的骄阳下，它叫得更起劲，知了、知了……它到底知道些什么呢？不可思议。

"绿树村边合，青山郭外斜"。掩映着村庄的绿树，也是知了的家园，繁衍生息，都离不开树木。一次偶然，我发现院中柳树的许多枝条无故干枯了，花花搭搭地点缀在浓绿的树冠上，很扎眼。我便问父亲，柳树上，怎么会有这么多枯枝？

父亲漫不经心地回答：知了在那儿产了卵。

自然界真的很神奇，知了把卵产在树枝里，树枝枯死之后，风落于地，蝉便完成一个生命的轮回。父亲不经意的一语，我顿开茅塞，"姐儿龟"应作"截柳龟"啊，如此一来，便从无解变成可解了。如此发现，让我兴奋不已。日后，我又刻意地作了一番观察，椿树、梧桐断无,榆树、银杏树尚未发现,它们似乎对杨树也特别钟情,大约杨柳同属吧。乡间多植杨柳,有意无意保护了蝉。处处留心皆学问,不余欺也。

截柳龟,我儿时的美味,白日逮,夜晚捉。捉来之后,用水冲洗,去除其爪中泥土,洗罢,便可直接上锅煎,壳焦肉嫩,适时撒上少许细盐,入口脆嫩鲜香,回味无穷。晚上捉回来,夜已深,为恐其夜里褪衣变蝉,需把它洗净,放上适量的盐腌渍,否则,影响口味。

而今,家乡的截柳龟几乎让人吃绝了,按理来讲,自然的吃是不会这样的。不知何时,每年盛夏,总有人花大价钱去收购,截柳龟一旦成了炙手可热的商品,那就很难说了。更何况,近来乡人少植柳。当然,不容乐观的生态环境亦不可忽视。

小 花

小花,是一条狗的名字。

那是条牙狗,也就是公狗,我总觉得牙狗这叫法,实在是妙不可言,或许这就是方言的魅力,只可意会,牙狗却有着这么妩媚的名字,并非刻意而为,因它身着一件黑白相间的狐皮绒衣,漂亮可人。

小花,是我抱来的。

小时候,某天奶奶带着我去她弟弟家,也就是我舅爷家里玩,他家的老母狗养了一窝小狗崽,我一眼就看中其中一只小花狗,嚷着要,舅爷说等小狗满月断奶了,让我来抱,我说就要那只好看的小花狗。这就算是我预约了。

这事,我很快就忘了,一天,奶奶把我叫到她的跟前,见她从那藏青色的大襟褂的口袋里,慢悠悠地掏出一张新刮刮的两角的绿纸票,在我的眼前晃了晃,我猜想肯定是让我去小店打酱油、买咸盐之类,便大声嚷叫着,不去,不去。奶奶眼瞅着手中的票角子笑着说:"你知道我让你干什么?你就嚷着不去。"

原来奶奶是让我拿着两毛钱去舅爷家抱狗,看来,我喜欢小狗是一时的兴致,而奶奶才是真的喜爱狗。

听说让我去抱狗,那只小花狗便倏地跑进了我的记忆,我从奶奶的手中抢过纸票,跑出了家门。我把手里的票子给舅爷说要抱我的小花狗,舅爷笑眯眯说,狗可抱去,这钱就免了吧,这时,舅娘从外边回来了,赶忙着说:"这钱得要,这里有讲究的,别让这狗咬断了亲。"我把小花狗抱进怀里,温乎乎,软活活的,似如一只大花绒球。而今想来,怀里似乎还有小花狗蠕动的感觉。

小花进门之后,家里的气氛一下子活跃了起来,有事没事总要逗逗它,尤其是奶奶,视之为宝,她在旧竹筐内放上柔软软的草秸,为小花建个安乐窝,还把它放置在自己的床头,晚上把它放进安乐窝里,早上,奶奶给它喂完食后,便把它抱到小院里去撒欢,小花兴奋地在院子里追逐小鸡,吓得小鸡咯咯地叫着,四处飞蹿。有时我也会喂它,通常我会把煎饼嚼碎,吐在掌心,放在它的嘴边,我的掌心便成了它的餐具,它张开小嘴,露出大米粒般洁白的小牙,一口一口贪婪地吃着,小花尾巴还不忘扫来扫去,直吃得干干净净,似乎余兴未尽,还用软乎乎的小舌头舔我的掌心,痒痒的,很好玩。

不知不觉，小花就长大了，奶奶又在鸡埘边，给小花搭建个大洋洋的狗棚子，与鸡为邻。俗语云，鸡狗犯忌，迷信的说法，属狗与属鸡是不能婚配的，可现实的情况是，它们邻里相处很融洽，真可谓鸡犬之声相闻了。夜深人静之时，远处稍有风吹草动，小花便会跑到院中狂叫几声，过一会儿，好像没发现有什么异常，便折回它的窝里，因为它与鸡相邻，我们家的鸡从未遭受黄鼠狼的偷袭。

或许它觉得常在家伴着奶奶没趣吧，喜欢和我嬉戏，我上学的时候，它还爱跟我的路，我在前边走，它悄然地跟在我身后，我回头看到它，喝一声：回去，它好像听到了，摇了摇尾巴，停下脚步。我继续前走，心想它肯定在我身后，猛地回头，果然，不过，它的反应也挺快，立马收住了脚步，停在那里，摇着尾巴。我佯怒做弯身捡石状，它不甘地掉转身去。等我再一次回头，它仍在那儿不动，双眼迷惑地望着我，似乎在猜度我，是否真的发火？这时，它才悻悻地转身回家，一步三回眸，三步一回头。

白天，家里只有小花陪伴着奶奶，想来小花给奶奶带来不少乐趣，常听奶奶说起有关小花的逸事，大都心不在焉，左耳听，右耳扔，印象比较深的是，小花曾在鸡窝的旮旯逮到一只黄鼠狼，那时黄鼠狼的皮毛挺值钱的。似乎是受奶奶的启发，有一阵子，放学后，我常带着小花，手持钢叉，到村头堰边有草垛处捉黄鼠狼，或到棉花地里去捉野兔。

秋日，天高地坰，田野空寂少人，走在田埂上，脚踏着赭黄的蒿草，发出嗦嗦的声响，我用钢叉漫无目地乱叉，小花似乎很会来事，明我心思，用鼻子在草埂上乱嗅，还煞有介事用前爪乱扒，似乎里面真有什么猎物。于是，我便在它嗅的地方，用钢叉乱戳一气，一无所获，不过，乐此不疲。

有时，伙伴们各自带着狗聚在一起，比谁的狗厉害，不甘示弱的结果是，让狗打架。不过，更多的时候，我们挑不起狗间的战争。可有时，它们会因一小块馒头掐在一处。在我的记忆中，我家的小花在打斗中很少吃过亏，并不是我家的小花有多么的厉害，一者是奶奶喂养得好，最主要的，我给小花的脖颈上套上了一副"狗威"。"狗威"者，一条带着钉子的皮带也，套在狗的脖子上，狗发怒时，毛发竖立，"狗威"相衬，真如一头雄狮。

后来，小花莫名地死掉了，在奶奶下葬后的三天，我记得很清楚，恍然如昨。

水 牛

水牛，牛的一种。大约习性喜水，因而得名。

"水牛浮鼻渡"，水牛悠然泅水的神态，跃然纸上，诗中有画，很美。

在我的记忆里，黄牛先声夺人。生产队的牛栅栏里，都是清一色的黄牛，老幼皆有，块头大小不一，小的叫犊子，青春年少的称莽犍，成年的，谓之黄牛，或老黄牛。小犊子老是跟着母牛屁股后转悠，恋母。牛也不是一色的黄，有黑的、花的、青的……却统称黄牛，有趣。牛无时无刻都在咀嚼，似乎口中含着嚼不尽的口香糖。冬日，牛的休闲季节，日光和煦，牛恬然地卧在阳光里，很安静。只有小牛犊四处乱跑，笨手笨脚。有时，也会很乖地趴在母亲面前，一任母牛怜爱地舔舐，是谓舐犊之情。后来，生产队引进了水牛。乍看一下，体态如象，很是吓人，顶上一对大角，威风凛凛。本以为黄牛块头挺大的，与之相比，小巫见大巫。有比较，才有鉴别。

从此，对水牛心生敬畏，连从它身边过去都要小心翼翼，生怕那巨大的蹄甲踩踏着自己。不过，它却神态悠然，不动声色，渐渐的，了解了它。水牛，也是牛，它温驯、悠然、任劳任怨，对人友善。捉迷藏时，常隐在它的身侧。

没事的时候，我喜欢观看水牛吃草。

长方形的石牛槽，是新石器时代的遗物，长约三米，宽米余。通常是两个牛槽排在一起，槽两端竖起两根粗棒，两棒之间横担着一根碗口粗细的木棍，如同公交车上的搭手，以便拴缰绳之用。

饲养员把铡好的麦草倒进石槽里，浇上些许豆沫水搅拌，便成了水牛的美味佳肴。青骢色的水牛一字排开，低着头，大口大口地往胃里送草料，不慌不忙，偶或抬起头来，漫无目的地望一望，打个响鼻，继续埋头吃草。不像猪吃食，哪里是吃食，简直就是抢，其结果是弃食而掐咬，弄得鸡飞狗跳，食已吃完而战未休。水牛食草，很安静，牛舌卷草的声音，犹如风戏杨叶。

水牛的块头大，食量也大，因此，它排泄的粪便也多，不曾想到，这竟成为我喜欢它的别样理由，它的粪便可以换取工分。

暑假的时候，饲养员要把水牛牵到汪塘里泡澡，水牛生性怕热喜水。

一根牛缰绳拴在柳树干上，水牛舒舒服服地没入水中，清水顿时兴奋地漾起了水花，水花里，牛尾甩动，透着它喜悦的心情。任凭日光如曝，也奈何它不得了。树荫之下，几人围在一起打牌、猜谜、玩石子，静等着水牛消化呢。这些牛，我们几人私下里早分好了，这头归我，那头归他。玩乏了，腻了，就起身去牵牛，手领牛缰，水牛以为牵它回家吃饭，乖乖地站了起来。说来有趣，只要水牛从水里站起来，准排便，屡试不爽。只见水牛的尾巴慢慢上翘，就赶紧拿起粪箕下水去接。这一天的任务，就算有了交代。

冬夏之时，牛没活干，不用出力，它安然自得；春秋农忙，犁地拉车，它绝不吝惜体力，累得鼻孔吐气，却依旧悠然，干起活来，不疾不徐。它那悠然闲适的心态，令人羡慕。

鹰

鹰，总会让人想到桀骜不驯，特立独行之类的词语，鹰的出现，一定有长空作为背景，鹰翱翔于无际的天空，就像一只扁舟漂游在浩渺的水面，优哉游哉，任意西东，偶或扇动翅膀，如同摆动舟楫。

空中之鹰，有时更像水中的鱼，有了鱼，水便有了灵性，长空因为鹰，更加深邃、悠远、辽阔……鹰，天空的眼睛。

很长一段时间，鹰，让我充满了好奇与想象。

儿时，最喜欢玩的游戏，就是老鹰捉小鸡，我常扮演老鹰，面对"老母鸡"护卫之下的"小鸡"，想方设法去捉取，为了达到目的，手段不可谓不用其极，胜利的喜悦，失败的懊恼，那时，在不经意之间，我或许还原了鹰的一些本真,在生存法则面前,温情与想象似乎被撕裂。当然,这是我行文之时偶得的,当时,很开心、很骄傲。

那时,鹰常在乡野的上空盘旋游弋,它不是在长空给人类作秀,吸引你艳羡的目光,其实,它是为了寻找果腹之物。在田野里,时常上演着真实版的老鹰捉小鸡。

我家的小鸡曾做过它利爪下的冤魂,温驯的小鸡何尝招惹过它。为了防患于未然,我常在田间与小鸡相伴,自由的原野却桎梏我的自由,这便是拜老鹰所赐,望着它在天空移来移去的样子,便觉得它意欲图谋不轨,于是乎,自制了一把弹力强劲的弹弓,专门对付它。不过,还是时常让它得手。

我时常望着天空翱翔的鹰,出神。

一天,在村南的树林里,我看到一群麻雀,总是在一个地方或飞或跃,如磁铁之铁屑,不离那儿,我一时兴起,想去活捉两只来。近前,才发现那群麻雀在一张大网之中,原来,麻雀是专门为鹰设置的陷阱,这就叫自投罗网啊。对着大网,心情复杂,有种无言的冲动。

俗话说,树不遮鹰眼,从高空俯瞰,枝叶之间,影影绰绰的是雀跃的身姿,那影像大约如风中摇曳的罂粟花,那是怎样的一种诱惑呢?让老鹰飞身入网。不为五斗米而折腰,说起来容易,能做到者,少矣,不可一世的蓝天霸主,就这么束手就擒了。

鹰上了手之后,需驯。那充满野性与不羁的眼睛,没有畏惧,流露着震怒与疑惑,钩形的啄,挂满了不屑,随时以牙还牙,时刻准备着重回长天。驯鹰,我们那儿叫熬鹰,一个"熬"字,我以为正是人与鹰磨合的过程,心与心在沟通与寻找的过程,不是冤家不聚头,不打不相识,否则,桀骜不驯的鹰,怎么就这么死心塌地跟随了你,士为知己者死。

记忆之中，常见有人驾着鹰，身边跟随着一条狗，在秋日旷野里捉野兔、雉鸡，这让我想到苏东坡那首词《江城子·密州出猎》，"左牵黄，右擎苍，锦衣貂裘，千骑卷平冈。"因而，心底总是充满了豪情，平添了几分诗情画意，其实，生活本身并非如此，平林漠漠烟如织，世上，有些东西，你根本无法看得真切，犹如长空翱翔的雄鹰。

后来，在语文中，我学到鹰犬一词，乍见之下，便觉不爽，果然不是什么柴汝官哥定，而今想来，鹰犬，鹰，取其爪；犬，取其牙，私自授受，如同我们眼中鹰击长空之鹰的英雄形象一样，大都以偏概全，各取一面。我想两下相合，大概就更接近真实的鹰了。有时，我偶或会抬起头来望望蓝天，却很难发现鹰的身影了，朵朵白云悠悠飘过。

鸽　缘

一日，行走在回家的路上，我莫名其妙地想到了鸽子，嘿，巧了，在路边居然真的就蹲了一只鸽子。

那只鸽子，看上去尚成"鸟"，目光茫然地打量着这陌生的世界，不知何往的样子。我顿时动了恻隐之心，以讯雷之势，快速出手，没费吹灰之力，它就成了我的掌中之物。

在我的掌中，它徒劳地挣扎着，折损几片羽毛而已。看着惊魂未定的它，大翎尚丰，绒毛未尽，肉嘟嘟的，似奶胖的孩童，一双黑豆般的眼睛惊恐地望着我，似乎在问，你要干什么？

是呀，我要干什么呢？路边的邂逅，怎么说也是有缘。穿开裆裤子的时候，我就喜欢鸽子，茅屋的檐下，梧桐的枝杈，放上泥瓦罐当作鸽巢，早晚都能见它盘旋的身姿。鸽子是通人性的，乐于和人亲近，能与人相熟，甚而成为朋友。小的时候，我就喂熟过一只，怎样放它飞，它也不飞远，只在你的身周盘旋，之后，落在你的肩头，翅膀一振一振的，似有久别重逢的意味。尤其是信鸽，它的大脑里似乎有个卫星定位系统，千里之遥的路途，它也能飞越千山万水，传递人间真情。当然，有时。它也不免会被歹人利用，电视剧里常有这样的情节。

回到家中，我让妻子寻出一只大纸箱子，我在四周打上孔眼，然后，便把它放了进去，想以此作为它的新家，我赶忙撒些米粒，放进一碗清水，一切完备，它似乎在箱里面壁思过。不一会儿，像是缓过了神，感觉有些不对劲，它在里面展、转、腾、挪，不住地撞击纸箱，发出哐哐的声响，似乎在鸣怨叫屈，我何过之有，把我幽禁于此？见无人理会，扑腾了半天，终于平静了下来。

说这话已是上午的事了。

下午，下班回到家中，气尚未喘匀，我便急匆匆地去看它吃食了没有，打开纸箱的一条缝隙来，只见米粒颗粒未少，水碗已被它蹬翻了，水全部泼洒了出来，我伸手拢住它，轻轻地捏了捏它的脖颈，空空如也，看来它是饿得够呛，却不进食。无奈，我只得重拾撂了多年的喂鸽之技了。我把米含在口中用手握拢着它，让它向我嘴里去啄食。妻子一看，惊噢着不卫生。我乜斜了她一眼，说少见多怪。这招果然灵验，不一会儿，我口中的米粒被啄完了。喂饱之后，我抚摸它一会儿，想同它交流交流，它并不领会，手感告诉我，它欲挣脱而高飞远走。我重又放它回"屋",它在"屋"里自然又是一番抗议。

一夜无话。次日,我又在它的"屋"里撒了米粒,放上一碗清水,让它自食自足。晚上,我见它仍旧不进食。这事似乎有点棘手,或许它父母带其练飞时,它调皮,逞一时之勇飞离了双亲,此刻正想着它温暖的家呢。于是,我决定放生,借着淡淡的夜色,在阳台,我打开了它临时的"家"门,故事也该画上句号了,谁知次晨,它居然蹲在阳台上,像个逗号。

石 榴

很长一段时间里,我以为石榴仅是一种植物,与桃、杏一样,花很美,结实亦很别致,其籽玛瑙般,晶莹剔透,令人垂涎。

最早邂逅石榴,还是懵懂的年岁,家中老堂屋的山墙上贴有一幅画,而今想来,那幅画应是一张印刷品,一只盛满果实的果篮旁,有一只浅紫色的大石榴,撮着小嘴,像只不倒翁,大约是从果篮里刚溜出来,另一只,估计从果篮里爬下来时不小心跌了一跤,摔裂了,裸露出红色的石榴籽,饱满的水质,晶晶地亮。馋人。据说母亲怀抱里的我,初见它时就哭闹着要取下来吃。关于此事,我一无记忆,是后来母亲打趣我而提及的,也算是我最早的逸事了。

认识石榴树,是后来的事了。小时候,下胡铲草,在田野里,每遇见不识的花草,便会移栽家院中。说来有趣,似乎是无师自通,那时移栽花草时，总会在根部留有一大块泥土，用手捏成泥蛋，不让根系暴露泥土之外，如若泥块破碎了，秧苗便不得不舍弃，根不带土的秧苗，栽了也白搭，无法成活。现在每见城市绿化，遇到带土球的花木，心底总有种言不出的感动。

　　一日，小心翼翼地捧回一株小树苗，惯例问父亲是什么树，方知石榴树是这般模样。有关石榴，父亲又讲了许多，讲的讲，听的听，一阵风似的吹跑了。面对着手中的小树苗，细细的一径挑着数片比柳叶稍短略厚的叶，心想下次见到就认识了。挖坑，浇水，栽植，栽时十分用心，是不计后果的那种，也许因此，一阵子过后，就渐渐地把它淡忘了，想起来的时候，树已枝繁叶茂，婆娑一片了，五月绽蕾，花红似火，八月果熟，坠弯枝柯。面对着石榴树，突然觉得它不仅仅是一棵树了，那幅贴在老屋上墙上的石榴静物图，父亲曾对我絮叨过的有关石榴的传说故事，以及我后来对它的见知，杂糅成我心底的一个传统文化的情结。

　　细细想来，这情结恐怕是始于父母的婚床，当我刚能扶着床沿站立时，就咿呀着无人能懂的话语，摸弄着床沿上石榴图案。那时，一定戴着奶奶亲手给我缝制的百子石榴图案的红肚兜，极长。漫长的冬夜，一家围着红红的火盆，我坐在奶奶的怀里，望着戴着老花镜的奶奶，飞针走线做女红，纳鞋垫绣手帕做花鞋。花纹图案少不了石榴，火盆的烘篮上还烘着绣有石榴的手帕，那只每日都在我前襟左晃右摇的手帕。时光就这么如手帕一晃，我便有了自己的思想，对"六书"的汉字兴味盎然，石榴、牡丹、红枣、莲藕如此之类，谐音会意，皆为民间祥瑞的征象，牡丹，花开富贵，红枣，早生贵子，莲藕，喜结连理，石榴，多子多福。石榴多子（籽），据说日本也有相关的传说，佛降伏鬼子母，给

第六辑　秋色梧桐

予石榴实食之,以代人肉,因石榴实味道酸甜似人肉。据《香子母经》说,她后来变为生育之神,石榴便成了多子的象征。有关石榴的诗句,我也有过留意,"似火山榴映小山,繁中能薄艳中闲。一朵佳人玉钗上,只疑烧却翠云鬟。"唐朝诗人杜牧的《山石榴》,尤其喜爱,每读都会觉得,那缀满如火红花的山石榴就在目前。

日前,读大学的女儿放假了,我以为她会泡在网上,没承想,她在包里取出了一幅十字绣,说,这个假期有活干了,绣十字绣。绣的什么?我问。女儿故作神秘状,打开给你看看,你看像啥。别说一下子愣是没看出来,犹豫之间,女儿发话了,石榴都看不出来。闻言,我不由得笑了起来。

香　椿

香椿,一种落叶乔木,其味芬芳,我想才有如此美名。有香,便会有臭,自然就有臭椿了。大约此名听来不雅,因而简称为椿树。

大自然真的很奇妙,同门为椿,其途不一,是谓龙生九子,各不相同。椿树,在乡下,颇不受人待见,因其贱生速长,材质粗疏,不堪派用,最多不过用来打床。而香椿就不同了,香椿的叶芽可食用,民以食为天,能吃即能换钱,香椿因叶而贵,深受人们的青睐。

我们通常所言的香椿,指的就是香椿的叶芽,那可是一道不可多得的春之美味,时令佳肴。清明前后,树木发芽。起始,椿树芽似乎是香椿芽的模仿秀——青梗红叶,乍看之下,即可乱真,相信城里人肯定分辨不出来。可没有人想到去弄虚作假。开水一烫,便可见其庐山真面,真的假不了,假的真不了。

父亲好酒,春日,喜欢香椿芽佐酒。家前院后,父亲栽了不少香椿树。香椿树,皮黑如土,同父亲的肤色相仿着,有时,见父亲手扶着香椿,感觉香椿就是父亲的影子,似有所悟,因何古人以椿喻父了。

父亲喜食香椿,对香椿树就格外用心。秋后,父亲总要把树围翻挖起来,以便风吹日晒,雨露浸润,大雪封盖。春日,土细如沙,土虽未变,可此土非彼土了,已蕴含日月精华。父亲说,这比上一遍粪还要好。香椿吐芽时,父亲便有活干了,他用废旧的塑料袋子,把枝头的香芽罩住,以防寒霜。我望着枝梢的袋子,袋中红红的嫩芽,感觉塑料袋如同子宫,香芽在子宫里,胎儿般舒展着手脚,左蹬右踹,恬然地汲取着春日暖阳,一日日地茁壮,顶胀了袋子。此时,父亲满心欢喜地开始收获。

在我的记忆里,香椿芽的吃法,几乎没有什么变化。最常做的,就是香芽拌豆腐。豆腐最好是盐卤豆腐,香芽用开水淖过后、沥干,用刀切成碎末,用同样的方法,把豆腐切成碎丁,加细盐两相拌和,一道时令小菜便大功告成了,省事而又快捷。小的时候,我不大喜欢吃,闻到香芽的香气,上头欲呕,不过,香芽炒鸡蛋,炸香椿鱼,我倒是爱吃,父亲骂我嘴刁。

所谓油炸香椿鱼,就是把面粉加水合成稀糊糊,加鸡蛋、细盐、五香粉之类搅匀,用香芽蘸满面糊,放进油锅里炸。外脆里嫩,香芽味道格外鲜香,偶尔吃那么一两回,记忆颇深,仿佛如昨。

香椿树长得很慢,似乎岁月不从它身边经过。而今,家前院后的香椿树，不过碗口粗细，可父亲却老了，满面褶皱，苍苍白发。

一日回家，老远就望着老父，倚坐着香椿树抽烟，缕缕烟雾缭绕在白发间，渐渐散漫，消失。我忽然之间，莫名地想到唐时牟融的诗句："知君此去情偏切，堂上椿萱雪满头。"不禁有些黯然。转念一想，满头雪的椿萱，毕竟还在堂上，甚幸。

梅之韵

不知何时喜欢上梅的。

有时，扪心自问，喜欢它什么呢？一时之间，我似乎也说不大清楚。

一年初春，乍暖还寒，我去暌违已久的同窗家做客。在他的庭院里，见一株枯瘦清奇的盆栽，钢硬的枝条支棱着，指天画地，恣意而狂放，傲视着寒风。枝条上已缀着星星点点的花苞，分明已感受到了春信，侠骨而柔肠。

什么花？怎么有种似曾相识的感觉？

"你真的不知道？猪鼻子插葱——装象。"朋友很惊讶地反诘道。从他的语气神气之中，我心底便有了答案：梅。

这便是我与梅的初次邂逅，很有戏剧性。心仪已久，终于有缘得见，若不被友人点破，恐怕是纵是相逢应不识，想想就觉得太不可思议了，莫非真是纸上得来终觉浅，香雪海的磅礴大气，凌霜傲雪的风骨，江南无所赠，聊赠一枝春的多情，暗香浮动月黄昏的妩媚……好像都是扯淡。

梅花，五福之花，祥瑞之花，我与你神交久矣，这是真的，不是扯淡。

旧时，梅花常被村姑绣在鞋面上、鞋垫上、手帕上，以作定情之信物，或剪作窗花贴在窗上迎春，也许是为情郎做的暗记，亦未可知，就如唐代钱起的那首诗：钱塘江畔是奴家，郎若闲时来吃茶。黄土筑墙茅盖屋，门前一树马樱花。

乡下，婚床是要画上梅花的。儿时，好奇心似乎生了触角，常去看人画床，用铅笔画好底子，然后用扁笔蘸着彩漆涂彩，一段虬结的梅枝，数点梅花簇拥枝旁，枝黑花红，看上去似乎是随意而为，感觉却很生动传神，极像自家门前的桃花，在我早年的印象里，认定梅花就是桃花。不过，大人们都讲那是梅花，梅花便在心里神圣起来，踏在梅枝上那对花喜鹊，似相对而歌，喜气洋洋，这叫喜鹊踏梅（门）。显然，不能叫喜鹊踏桃。

我似乎明白，因何看着有关梅的诗、文、画……总是莫名地心动了。

秋色梧桐

原来是有腿脚的，风便是它行走的一种形式。掠过树梢，木叶纷落，漫过草地，草色赭黄，消瘦了远山，清癯了溪流，与人擦肩而过，令人感到有股透骨的寒意。

秋日，我会莫名地想到梧桐。秋色老梧桐。想起这样的诗句，便别有一番滋味在心头。物候无言人欲语。梧桐叶黄的时候，秋就深了。

秋风夹裹着秋雨，窗外，不紧不慢地飘洒着。院中，那株高大的梧桐树，不知何时，光秃了所有的枝杈。透着雨雾，我望着枝杈间狭长、湿沉的天幕，那一树浓绿的梧桐，那芭蕉扇般的叶片，已成为了遥远的过去，这让我想到丰子恺先生的一幅漫画：人静后，一弯秋月凉如水。高高的梧桐下，茶在慢慢地冷却，月光何时变作了秋雨，我有些恍惚了，不可思议。

梧桐，在《诗经》里，曾客串了一把（《鄘风定之方中》），古代的民间传说中，"一株青玉立，千叶绿云委"的青桐是凤凰栖息的树木。传说，高耸入云的桐木，具有了祈福保佑的神性，李白诗里"宁知鸾凤意，远托椅桐前"。古琴的制作，其原料非梧桐不可。

何时，秋日的梧桐，被绵绵的秋雨所缠绕了，成了闲愁别绪的符号。唐朝诗人白居易《长恨歌》："春风桃李花开日，秋雨梧桐叶落时。"著名的词人温庭筠的《更漏子》更有："梧桐树，三更雨……一叶叶，一声声，空阶滴到明。"到了宋代，李清照把梧桐秋雨的意蕴演绎到了极致，"梧桐更兼细雨，到黄昏，点点滴滴。这次第，怎一个愁字了得。"似乎李清照对秋日梧桐情有独钟，翻阅《漱玉集》，其中多次写到梧桐，诸如《鹧鸪天》中，"寒日萧萧上所窗，梧桐应恨夜来霜""草际鸣蛩，惊落梧桐，正人间天上愁浓"（《行香子》）……元朝徐再思《双调·水仙子》"一声梧叶一声秋，一点芭蕉一点愁，三更归梦三更后。……枕上十年事，江南二老忧，都到心头。"无不如是。

我想这莫非与梧桐的叶阔有关吧，雨打阔叶犹如夜雨滴檐，怎不触人情怀？尤其是天涯羁旅。

不知因何，我又联想到了清代文人李渔的《梧桐》来，笠翁笔下的梧桐，似乎别有一番情趣。文曰："梧桐一树，是草木中一部编年史也……树有树之年，人即纪人之年，树小而人与之小，树大而人随之大，观树，即所以现身。《易》曰：'观我生进退。'欲观我生，此其资也。

"予垂髫种此，即于树上刻诗以纪年，每岁一节，即刻一诗，惜为兵燹所坏，不克有终。犹记十五岁刻桐诗云：'小时种梧桐，桐叶小于艾。簪头刻小诗，字瘦皮不坏。刹那三五年，桐大字亦大。桐字已如许，人大复何怪。还将感叹词，刻向前诗外。新字日相催，旧字不相待。顾此新旧痕，而为悠忽戒。'因说梧桐，偶尔记及……"

秋风起，木叶落，树木于枯荣之间，从小至大，根深枝茂。秋，实乃树木成材的必由之道。梧桐的叶落，或许是在为秋季击节叫好，亦未可知，人的感慨，大都与秋日梧桐毫无关碍吧。人有病，天知否？秋上人心，岂不成愁？这一愁不要紧，时光便在你的感慨唏嘘之间溜走了，梧桐却一年年地高大起来。

根

根，往往与本相连；枝，常常同叶搭配。

一棵树就这么在人们心目中形象了起来。诚然,树的姿态通常以其枝叶去展现的,枝衍四方,叶不透雨,冠盖如云。人们于树荫下乘凉、对弈、闲话,优哉游哉,根便被人忽略了。根似乎无怨无悔,忽略了,又如何?一如阳光,空气,谁会时时在意呢?

然,不可或缺,否则,将是致命的。

这让我想到了人。人好像是吃五谷杂粮长大,仅如此,那又与动物有何区别呢?人,要有点精神。这种精神,说白了,就是文化。文化不是一个抽象的概念,如风过枝摇,充斥社会的每一寸空间,它是为人的根本,人的灵魂。十年树木,百年树人。大意如此,根深方蒂固。

著名作家汪曾祺先生曾写过一文《悬空的人》,一位美国黑人从小在美国生长,在爱荷华大学读了十年,拿到了4个学位,对哲学、历史等都有精研。大家都知道,美国是个移民国家。许多美国人能说出他们从哪里来的,从英格兰来的,苏格兰来的,荷兰来的,德国来的……黑人却说不出。那位黑人朋友的来历,可以追溯到他的曾祖父,再往上,就不知道了。都是奴隶。他只知道从非洲来的,但不知从哪个国家,哪个部落来的。他只能把整个非洲当作故乡,但是非洲很大,这个故乡很渺茫。非洲人也不承认他们,说:"你们是美国人!"他们没有文化传统,没有历史。

汪先生戏称他是"悬空的人"。半悬于空的人,该是怎样的无奈!根没有处伸展,又该是怎样的痛楚!没有根,那位黑人朋友拿了四个学位证书,也未能让他的心踏实,有归属感。

无独有偶,宋末元初的画家郑思肖画兰,连根带叶均飘于空中。人问其故,他说:"国土沦亡,根着何处?"国,就是根,没有国的人,是没有根的草,不等风雨折磨,即行枯萎了。

国家就是文明,文化之根,在于传统。

信息爆炸的时代,各类知识劈头盖脸,猝不及防,我们如何在繁杂的知识海洋之中,汲取"利我之营养"。传统文化的重要性,显山露水。有知识,不一定有文化,而有文化的人,一定会有渊博的知识。传统文化的精气,我以为在于修为,也就是说要成为什么样的人,这很重要。我想修正一个人,不时回首望望,思忖一番,大有裨益。

董桥先生在《给后花园电灯》一文写道:不会怀旧的社会注定沉闷、堕落。没有文化乡愁的心井注定是一口枯井。经济起飞科技发达纵不是皇帝的新衣,到底只能御寒。"天寒翠薄袖,日暮倚修竹"的境界还是应该试试去领会的。

修为说白了也就是做人,在传统文化里扎根,汲取四面八方的知识营养,眼明心亮,或许更能看清楚当前繁杂的社会,看清楚自己。

谁染枫林醉

汉字很奇妙,它不单是含义丰富的符号,同时又是一幅写意高妙的画。当然,这要借助人的眼睛,以及库存在观察者大脑中繁杂的素材。如同网址的链接,轻轻点击,便会别有洞天。

霜叶二字堆放在汉语里,不动声色,当我的目光触及着它,一瞬之间,一幅画面就会呈现在我的脑海里:荒村野岭,遍地赭黄,一树红枫,在秋风中摇曳着……由而又联想到唐朝诗人杜牧的《山行》,

"远上寒山石径斜，白云生处有人家。停车坐爱枫林晚，霜叶红于二月花。"

秋天的红枫，二月的鲜花，两个来自不同季节的风物，通过诗人的引线，竟然完成了时空的穿越，完美组合，给人以温暖与启迪。

秋和春，在人们心底似乎早已不再是气候上的概念。二月的花，有着青春的气息，那是活力的颜色。有时，我想二月的花绽放的时候，枫叶似乎刚刚吐芽，远秋尚不知，枫树正在为人们改变秋的形象，让秋味更加浓郁绵长。

霜叶，秋日枫树叶的别称。很长时间里，我孤陋地以为枫叶就是天生的红叶，就像公园里常见的那种"红叶树"，而不知是时光让其由绿转红。据说枫叶含有叶绿素、叶黄素、胡萝卜素等色素而外，还有一种被称为花青素的特殊色素，其在酸性液中会呈现出红色。随着季节更替，气温、日照相应增减，叶片中的主要色素成分会发生变化。秋天，气温降低，光照减弱，为花青素的形成创造了有利的条件，此时，枫树叶片细胞液呈酸性，所以，整个叶片便呈现红颜色。不过，如此科学的解释，总觉得少了些情趣、滋味，我更喜欢那些文艺点的说法。

"谁染枫林醉"？清朝诗人赵翼似乎一语道破了天机，"最是秋风管闲事，红他枫叶白人头"。若非清秋时节，哪里会有"霜叶红于二月花"呢？

是啊，任何成功都不会一蹴而就，俗话说，成功是留给那些有准备的人。充实自我，完善自我，机会就会在不远处与你不期而遇。正如枫叶历经春、夏，沐和风，曝骄阳，浸淫雨，一步一步走向岁月深处，忽逢一夜秋风，终于发生了质变，绿叶一跃而成了人们仰慕的红枫，火焰般，染出了秋天别样的风采。

五月话槐

五月，属于槐花。

人们所说的槐花，通常指的是洋槐树的花。洋槐也有人称之为刺槐，因为它的枝干长满了尖而硬的刺针。儿时，大家喜欢爬树玩耍，柳树、柿子树是首选，没有人敢对洋槐树造次，刺头就是不好惹。

别看洋槐树的枝干长得有些粗野，叶子的长相却别致，非同一般，每只叶柄都有十数片手指肚大小的圆叶相生而成，呈联状，粉嘟嘟的槐花隐约在一联联碧叶间，透着莹莹的绿意，微风徐来，叶摆花摇，有淡淡的甜香盈鼻，感觉如婴儿睡梦中的微笑，无端地让我想起张岱的句子："吾辈纵舟酣睡于十里荷花之中，香气怡人，清梦甚惬。"

其实，槐树之中，还有一种槐，俗称笨槐，它才是正宗的土生土长的国槐，大约因其长得出奇得慢，故称之为笨槐。笨槐的叶子的长相与洋槐，差别不大，如果硬说有差别的话，那就是叶子的颜色，这么说吧，洋槐的叶子绿得有朝气，笨槐的叶子绿得老气些。花就完全不同了，笨槐花开得很低调，远没有洋槐花开得张扬，笨槐花花粒极小，穗状，浅黄色，香味极淡极淡的，不过，笨槐花含苞未放时，采下来，晒干，可入药，这是洋槐花无可比拟的。

电影《天仙配》里，为七仙女与董永证婚的老槐树，现在想来，一定是笨槐，绝对不会是刺槐，我固执地这么认为。

记忆中，家中有一棵笨槐，生长在院子里，老态龙钟的样子。夏日，冠如华盖，一家人常坐在树荫下吃饭。读小学时，笨槐花穗初成，就会把花穗钩下了，晒干，换取零花钱，一棵树的花穗太少了，不值当拿出去卖，就扛着长钩子，到处去寻找笨槐树，有花就给钩下来，有时，几个人拧在一起，跑到邻村去寻找目标。

　　小时候，村东有一条土堰，土堰上长满了洋槐，大小不一，绝无杂树，连绵好几里，遥遥一望，山峦一般，蔚为壮观。那时就想，若是土堰上长的都是笨槐，该有多好！

　　遗憾归遗憾，洋槐盛开的时节，放晚学之后，土堰便是我们常去玩耍的地方，那里住着放蜂人家，堰边搭起一顶帐篷，帐篷四围摆放着许多木箱，常见放蜂人戴着黑网状的面具，如同电影里的玄衣侠客，在木箱中抽取蜜板，刮蜜，成群的蜜蜂嗡嗡乱飞，为什么不蜇他们呢？

　　槐花的蕊，甜滋滋的，折一串槐花，取一朵，剥去白色的花瓣，丢进嘴里嚼，满口的清气，很有生趣。槐树的叶与花，都能食用，最好是叶初放，花未开的时候。把嫩叶采摘下来，用开水焯一下，拧干水，切碎，在物质贫乏的年代，与豆钱子炒着吃，可充饥。不过，有人吃后过敏，浑身浮肿，尤其是脸，肿得吓人。槐花通常与山芋面掺和在一起，做成槐花饼子。吃槐花饼子好像没有见过有人过敏。

　　而今，家乡已不见槐树的身姿了，别说是槐树，就是柳树、白杨、梧桐、榆树、椿树等树种，都看不到了。据说上级统一铲除杂树，统一种栽植银杏树，要把银杏树做大做强做成产业。为什么不是槐树呢？五月的槐花，也可能做成旅游的亮点，如果做大做强了。

　　无论如何，五月，我仍旧以为属于槐花，洋槐的花，笨槐的花，没有理由的，没有理由有时就是最好的理由。

寻　芳

春日，若不出来走走，简直就是不解风情。其实，踏青寻访，无非是冬藏久了，出来透透气，调换一下心境。一年之计在于春，若搞成了程式化，抑或故作风雅，那就无趣了，趣之一字，出乎本真，自然风流。

我是翻土坷垃长大的，一年都在四季里出没，大自然就好似自家的后花园，对自然界景物，似乎是熟视无睹，少有新鲜感。不过，刚开始接触踏青一词，感觉却神秘，何为踏青？又是如何去踏青呢？

读小学的时候，老师要带我们去桃园踏青，消息一传出，心情怎激动两个字了得，待次日排队出发，方知目的是大队的桃树林，顿失所望，大有受骗上当之感，原来踏青是这么回事呀，在春日里胡走乱窜，瞅花望草，挥霍着阳光，或坐在青草地上，望着蓝天白云，发呆……

这事，哪年春天不干，就是不知此为踏青而已。春尚在柳苞里时，杨树的穗挂满枝头时，早已按捺不住对春向往的心情了，那种感知似乎顺应着天然，小小的年纪，却也清楚大自然的馈赠无须钱买，不可错过。

挎着草篮子，到村头的杨树林，援树而上，采嫩的杨穗，一条条毛茸茸的杨穗，躺在草篮子里，似春蚕的蛹，拥挤着，蠕动着，望一眼，满心的欢喜。回家，母亲在开水里焯一焯，切碎，清炒，而今回味起来，一股子春的清香。

最有趣的，是在小麦垄里寻找荠菜，那盘结在麦垄间，或挤在麦苗里的，有着长长锯齿状花叶的"青眼"，盛满着童真的乐趣，每见一株，便会大声地叫喊着。在春日无边的旷野里，春姑娘一定躲在麦苗间偷笑，鬼机灵的春姑娘，一点也不扭捏作态，她把叫剪剪股的野草扮成荠菜的模样，逗我们开心，我们以为采到一大篮子的荠菜，回家邀功时，母亲总会笑着把剪剪股挑出来，你看这些不是荠菜，不能吃的，喂猪，猪都不会吃。

春日的河滩，也是儿童的撒欢的好去处，芦苇刚冒尖，偷偷地掰下来，这是种冒险的行为，若被小伙伴看着，会不齿的，不友好时，便会公之于众，某天，我看见你偷采芦尖。在河滩挖贼蒜，是正大光明的，贼蒜，学名韭，其叶如丝，色碧，土下的部分银亮，根呈圆球状，味如蒜，丛生，见一株便能寻到一大片，小心翼翼地挖取，长长的，一根一根地搅在一起时，真的就像一团凌乱的丝，用清水洗净，斩碎了，拌上红椒粉，摊在煎饼上，在锅里煎，味道妙极了。

及至清明前后，民谚曰：清明前后麦三节。小麦开始生长发育，间种的豌豆也进入了生长期，翠绿欲滴的豌豆苗，味鲜美着呢，有咸菜相佐，随手掠下嫩嫩的豌豆苗，往嘴里塞，大口咀嚼，清香顺着嘴角碧绿的汁液散去，同时也把快乐，氤氲在春天里了。

后来，走出了家乡，春依旧，却少了乡土的味道。无限的怀想。在城里待久了，人似乎失去了地气，如同一支插在城市花瓶里的塑料花，假里假气的。春天，踏青成了必然，去接一接地气，充实些混元真气，当然，有段美丽的邂逅，那就更美了。

在读过诸如崔护的"人面桃花相映红"，孔尚任《桃花扇》的访翠如此之类的诗文后，原来踏青一词，向来都具有文艺范，散发着浓郁的文化气息，怨不得儿时弄不明白，其趣味乃在于寻芳，或曰，踏青从某种意义上来说，就是寻芳，春，总会留给人梦幻般的想象与期盼。

想起那棵银杏树

汶川五一二周年祭，我不想说地震，那个伤痕正慢慢地愈合，新嫩的肌肤还很脆弱，不过，脚一踩着五月，心便会隐隐地痛，这是无法避开的话题。

这让我莫名地想到院中一株银杏树，高大挺拔，冠盖小院，站在村口便可见其招摇，成了我居所的标志。坐在树荫下，望着枝繁叶茂，硕果累枝的她，便觉造化的奇伟，生命的诡秘。

我初领她回家，高不盈尺，栽下的当年便拔出米余，亭亭玉立，令人怜惜。不觉几年已过，它早身高过墙，树粗对掐，大有赶超西邻那株梧桐的苗头。就在它大有可为之时，一日深夜，骤起狂风暴雨，西邻的梧桐树被风摧折，砸倒的院墙连带了银杏树。这是我做梦都不曾想到的，这真是城门失火，殃及池鱼。我以为银杏树是在劫难逃了，清理之后，还好它还没有连根折断，扶起她，却无法直立，我用根木棍顶着，以帮她挺直腰身，这才见她遍体鳞伤，最重处树皮剥落，已露银白的树骨。我用稀泥糊住她的伤口，外面包扎上塑料薄膜，我以为这次怕是不行了，这次要比多年前，被羊啃食要重得多得多。

多年前,她不过一握粗细,正可拴羊,从未承想羊会伤害她。羊可能是饿坏了,她的皮便成了美味,羊嘴所及之处都被吃掉了,好在没有露骨,我就用的此法,保住了她的性命。谁知旧痛未远,它又遭此劫难。起始,叶片在阳光下恹恹的,不几日,叶片纷纷辞枝,我以为她是难过此劫了,不承想,秋初,枝条上居然冒出了新芽。

　　还有最重一回,那年我翻盖老屋,抬高了地基,她便陷落到了洼处,当年夏天雨水出奇旺,不知是水泥的浆水,抑或雨水的浸渍,树叶过早地枯黄坠地,因有了上几次的经验,我没有理会,想秋天会还阳的,哪承想她顶着秃发走过了夏秋冬,春天到了,树木都发芽了,可她迟迟不见动静,我重新移植,当时就惊呆了,根系全被水沤烂了,发出股股馊臭的气味。我把它栽于高处,相信她能起死回生。结果她真的创造了奇迹。岁月似乎可以医治创伤,而今,树身虽疤痕累累,枝杈却自在伸向长空,蓬蓬勃勃。

　　面对五一二,院中的银杏树似能给人一些启示,树犹如此,我们更有理由乐观地面对生活,轻轻地触摸伤痕,上路。

【第七辑 桥边】

虹

我不由得一惊,听说村东的小木桥坍塌了。

我从未曾想过它会坍塌,时常还在梦里见到它,还有杨老师。

我决定去验证一下,小河的水清澄澄的,依旧潺缓地流着,仿佛什么事都没有发生过。小桥确也真的坍塌了,两根横卧着的木棒,因岁月风雨的侵蚀而枯断了,像老人枯瘦嶙峋的手臂,半搭在水里,一任水流涤荡,坍入水中的杂草木片早已无影无踪了,只剩下黄黄的一堆泥土,在波光粼粼的水面下,似是掩埋老桥的坟丘。岸边的荒草已经枯黄了,随着河风向一边倾斜着,似乎是在倾听着什么,又仿佛是在为老桥致哀。木叶随风款款而下,落到水面击起团团涟漪,随水而去,悄无声息,如我心底绵绵的思绪。

老木桥是坍塌了,可我总觉得它依旧健在,就像当年听说杨老师病逝一样,但是杨老师真的离开了我们,永远地,如同水面托走的秋叶,不会再复回了。

杨老师是我初中时的班主任,代化学的。他眼睛近视,平时却不喜欢戴眼镜,除非上课。不戴眼镜时,总是眯着双眼,头不自觉地向前探着,一路走来,似在寻觅失物。他讲课有个特点,那就是喜欢打比方,那些比方浅俗土气,同学们暗地里送他个雅号"老土"。

他对此似乎早有耳闻，却装聋作哑。上课，他总是提前两分钟在教室外等着，上课铃一响，他便踏着铃的余音步入教室。这时，无论是谁迟到了，对不起，拿着课本到教室后面站着听吧。课堂上，他提的问题，他认为你完全可以回答上来，你若回答不出，抑或吞吞吐吐，对不住，同样要到教室后面站着听。因此，每当上他的课，同学们都得打起十二分精神，而且还常常提心吊胆，因而同学们便对他有了某种畏惧感，不过，经过一段小插曲之后，同学们对他的"畏"中又增了"敬"字。

有一段时间，他大概有事，学校临时安排一位代课老师，据说那位老师的学历是全校最高的。同学们都很欣喜，抱着崇敬的心情听他的课，记得那时讲原子核及核外电子排列。那位老师讲了几个课时，我们也没有听出个名堂来。真是希望越大，失望就越深。看来蓄谋炒杨老师鱿鱼的愿望要落空了，原来文凭与水平是不能画等号的。

杨老师回来了，他没用十分钟，我们就豁然开朗了。

而今想来，记忆犹新。杨老师用的撒手锏，就是他那老土的比方。他把教室比作原子核，把同学比作核外电子，他说课间活动时，有的同学喜欢静，有的同学喜欢动，喜欢静的呢，就在教室门前活动；而喜欢动的，则跑到距教室远的或更远的地方玩；如果把教室比作原子核，那么在教室门前的同学就是核外电子的第一层，依此类推⋯⋯

原来我们小瞧了杨老师的"老土"。他讲课同他的人一样，朴实无华，深入浅出，就好像村东小河上的那座小木桥，简单、经济、实用，而杨老师何尝不是这样的一座桥呢？

呆呆地望着坍桥，良久，良久，我莫名地想到杨老师，抬眼望去，如眉的远山似乎在缓缓地低着头，辽阔的秋野，一树清瘦如人，好像正向我走来，那是杨老师吗？立在河边，往事如流，我似乎感到坍塌的小木桥又复原了，桥上飞奔着年少的我和同学们，似乎还看到了杨老师正扶栏远眺，眯起他那双近视的眼睛，衣袂飘荡……

现实的情况是老木桥确实坍塌了，和杨老师一样，再也不能发挥作用了，然而，在我的心里，小木桥和杨老师永远屹立着，如天边绚烂的彩虹。

对　火

日前，翻阅周作人的《知堂美文》，在《关于蝙蝠》一文中看到："长工几个人老是蹲在场边，腰里拔出旱烟在那里彼此对火。""对火"二字，引燃了我的记忆，那幅乡村长工对火图，让我的心底有种久违的热辣之感。

而今，罕有人知"对火"是何意了，或许有人会理解为打架斗殴，亦未可知。你别说对火与火拼，乍看之下，似出同门，其实相去甚远。我稍一点拨，你或许就能知晓是怎么一回事了。

小时候，我喜欢去生产队的牛屋院里玩耍，那里似乎也是聚人之处，如同眼下的一些论坛。闲暇之时，牛屋内人满为患。牛屋，故名即可思议，不过，这无妨人也往屋里挤，那真是人畜和谐相处呢，在那里谈天说地，家长里短。老牛呢，顾自咀嚼着口中之食，不理不会。常常见老人嘴咬着烟管，吧嗒、吧嗒地抽着旱烟，烟火明灭，青烟缭绕，很有趣味，还不时地用手按一按烟锅里的烟火，大约怕烟燃得太快吧，往往此时，有人咬着一根长长的烟管凑过来，借个火。于是乎，烟锅对着烟锅，俩人不约而同地使劲抽起烟来，眨眼间，火就这么被对方借过去了，有点薪火相传的意思。这就是知堂老人所言的对火。

对火，是物资贫乏的土壤里，所生长出的一朵节俭之花。此花看上去开得有点漫不经心，仔细寻思，却蕴藉着人类最本真的爱心，它传递着友善，氤氲着人间温暖的芬芳。

那时，早已时兴火柴了，不过，火柴不是放量供应的。有时，买一盒火柴，还得搭配别的滞销货物，因此，每根火柴都要让它燃得有价值，不能随便浪费。虽是火柴时代，我却时常见老人的烟包下坠有火刀石。火刀石是古老的火种。烟瘾大者，一会儿一袋烟，几乎烟管不离嘴，有事没事总是咬着。他们省火自有一套，我见过有人每抽完一袋烟，先把烟锅里的余烬小心地磕在地上，使之不破散，然后把装好烟丝的烟锅扣在余烬上，这真是一个好办法，可连环地抽下去，更多的时候，我见老人用火刀石取火。

火刀两片薄薄的火石，对着烟锅相互撞击，当当作响，在撞击声中，火星四溅，一下、两下、三下……老人不疾不徐，烟丝就这么被慢慢地点燃了，缕缕青烟从老人口中吐出，那感觉真惬意，过程与结果结合得如此完美，一得燃起，对火者蹴烟火而就。

对火，这个不经意之举，或许更接近人类情感的内核，这种无言的爱意如阳光一般，习惯而自然，常让人忽略，类于老子所言的上善若水吧。这不禁让我陷入沉思，物质的贫乏，人的精神却如此丰厚，那么物质生活丰富了呢？按着水涨船高的理念，人的精神境界该更高吧。而事实恰恰相反。我们到底在追求什么？在这不断的追求中，似乎离原点愈来愈远了，若原点是本的话，我们岂不在舍本逐末吗？

对火，是两颗心在默默地交流，而不是两人明里暗里地角逐较劲，生活需要像对火那样充满温情。或许我们追求得过于繁杂，过于花里胡哨，以至于迷失所逐。简单才更接近生活的本质，冷暖自知，饥餐渴饮，如同人要固守的道德底线，看上去简单，实际做起来却不那么容易。

桥　边

桥边，在我的眼里，大约是人生的某种意象，某种隐喻，那地方很适合中年人，回顾来路，面对水流，可以在河边洗一洗风尘，坐在桥边，从口袋里，缓缓地摸出香烟，叼在嘴里，不点火，若有所思。

"念桥边，红药年年，知为谁生？"或许面对着一株野菊，想到姜夔的《扬州慢》，岁月走到这儿，不深不浅，就像这空旷的桥边，有着足够的回环空间，可回忆，可展望，又不回避现实。

年少时，水里是最佳去处。夏日，可以整日地泡在河水中，扎猛子，打水仗，跳水，在高高的桥栏上一跃而下，水面砸个坑，顿时又合上了，就像少年充裕的时光，只要快乐，可以随意地挥霍，一如打水仗所撩起的水；冬日，让欢笑留在溜冰的滑道上，摔痛了，咧着嘴苦笑，任眼泪在眼眶里打转，在一片哄笑中，羞涩涩地滚落下来。冰面玉一般，莹莹的，与天空遥遥相对，少年的心，掩不住瑕，眼里揉不进沙子，没有故事，拥有欢乐。

　　人生的春天，我想是在桥上看风景的风发青年，有些多愁善感，骨子里有伤别文化的基因。"年年柳色，灞陵伤别"，他所立足的桥似乎都叫灞桥，那座伤离别的古桥，好像从来就不曾老过。当然，桥边也有着年轻的猖狂，唐朝诗人孟浩然尝于灞水，冒雪骑驴寻梅花，曰："吾诗思在风雪中驴子背上。"青春如同风雪中绽放的梅，任何奇迹都是理所当然。更多的时候，桥不过是背景，携手心爱的人，从桥上缓步走过，融进朝晖里。当然，也可能为了前路，独自一人匆匆地踏过石桥，不经意地就把石桥甩在了身后。

　　我曾在桥上，留过青春的影像，身依桥栏，头发很有文艺范地飘着，双手撑着桥栏，眼望长天，身后河道蜿蜒，悠远得有些夸张，多年后，看着这张照片，都会心潮澎湃，似乎还能感觉到的强劲河风，青春的目中无人。

　　青年时，心浮在远方，没有人会留心身边的桥。

　　当有一天，有人说，我走过桥比你走过的路还多，方才有所悟，青年人不是没有留意过桥，是路过的桥太少。就在这经历不多的桥中，恐怕最值得怀恋的，是心桥，盛放着甜言蜜语，海誓山盟，一个是风，一个是沙，有心或无意，都飘落在了桥上。

　　当风沙吹老了岁月，尘埃似乎都回落在桥边，人至中年，正好遇到秋天，路，是白的，很骨感，从来处来，穿桥而过，又消失在遥远的去处；河水，清湛湛的，不肥不瘦，缓缓地流着，水草随着水流优雅地摆动着；岸边的银杏树，还没有变黄，更没有凋落的迹象，一叶落而知秋，从来都是如是说而已。……这一切的一切，都是中年的心态，其实，与物候没有什么干系，似乎只有关桥边。

逝者如斯夫，不舍昼夜。桥边，沉积着太多的故事，所以，我说，桥边是个好地方，没事时，可去那里小坐，等一等自己的灵魂，人生的路有的走呢，何必着急呢。

钱　夹

钱夹，有人称票夹，亦有人称之钱包，总之用来装钱的。我觉得还是叫钱夹传神，对折而为夹，开合而为夹，望文或听音，都能给人精巧、舒心的感觉。

买东西而今美其名曰购物，商店商场都改称购物中心，抑或超市之类了，购物时兴刷卡。购物车向收银处一推，打开钱夹，随手拽出一张卡，那个潇洒劲！

我曾见一位时尚女士打开钱夹，好家伙，一排排各色的卡插在钱夹的窗口上，让我莫名地想到久经沙场的老英雄胸前的勋章，骄傲啊。钱夹的开合，似乎打开我对钱夹的遥远记忆。

读初中吧，手里没有几个钱，却渴望拥有一只漂亮的钱夹。记得那时供销社的百货柜里，摆放着成排的钱夹，赤橙黄绿青蓝紫，五颜六色，打开钱夹，夹壁之上还对开着两个塑封窗口，曾见一位同学在窗口里放着某电影明星的玉照，羡煞人也。

曾几何时，班里流行折叠纸钱夹，与塑料制品的真钱夹，外形酷似，用今天的话来说是山寨版的。折叠钱夹的纸大都用硬刮刮的牛皮纸，赭黄色。流行风之下，我也曾照着葫芦画个瓢，别说，还真能满足心头的某种渴望。于是乎，把一分、二分、五分、一角、两角、五角的零散钱币装进钱夹，把钱夹装在中山装的上衣口袋里，口袋鼓囊囊的，腰杆似乎也直了许多，走起路来，足下亦生起风来，目光也是亮亮的，水洗过一般。时至今日，却忘记钱夹的叠法了，人有时真的很健忘与浅薄。

这之后，我曾拥有一只真正的钱夹，豆绿色的，一般钱夹具备的功能，我的那只都有，诸如钱夹壁上开着两个塑封窗口，主夹有一条银白色的拉链，拉开拉链，豁然一处预装钱的大空间，在这个空间里，派生一双对称的小暗室……没事的时候，总要拿出来把玩，有着无尽的欣喜与兴奋。

钱夹塑封的窗口里，我寄放了一张青年演员娜仁花的剧照。因何要放娜仁花的剧照呢？不仅是娜仁花长得漂亮，更重要的是娜仁花背后的故事，我曾在《大众电影》杂志上，看过介绍她的文章，说她是某位导演在草原拍电影时发现的。于是，我就对着照片做起了白日梦，如果哪一天某个导演到我们这儿拍什么电影，无意之间，发现了我呢？若能当一名演员，演个警察，多威风。当然，导演从未到我们这个穷乡僻壤去拍什么电影，那个青春的梦想只能夹在那只豆绿色的钱夹里了。所以现在，我很能理解"超女快男"因何会这么火。我怀疑始作俑者，也曾有过如我这般未圆的钱夹梦，亦未可知。

不知何时，囊中似乎不再那么羞涩了，我却把钱夹丢了，衣服有个口袋足够塞下几张票子了，要钱夹何用呢？不用钱夹已多年。

秋　场

秋场，总让我莫名地联想到米勒的《拾穗者》。

在我的记忆里，它忽远忽近，时淡时浓，真实得有些虚幻，如村口的那棵老槐，根扎在心底，枝伸到云霄。每到秋日，它便似一片落叶飘在我心头。

有关秋场的最初印象，大约是我上小学的时候，那时，农村还是大集体。秋天到了，乡村的小学校放了秋假，秋忙也随之而来了。

农作物陆续上了场，劳力也转移到了场上，平日里冷清空旷的大场，一下子被秋塞满了，秋场于是乎热闹了起来。让我不能忘怀的，是玉米上场的场景。

不同田地里的玉米，此时，都欢乐地会聚在了场上，大约是平日里它们没有这样的机会吧，它们激动地相拥在一起，连绵成山峦。说笑声便在这起伏的山峦回荡，那是大人们剥落玉米皮呢，就像是家长拉扯着在外玩野的孩子回家睡觉，硬生生地给他们扒光衣服，光溜溜的玉米棒，鲜亮金黄，像是刚从年画里走下来似的，随手一丢，活蹦乱跳。这一切，引起场边玩耍的孩子们的兴趣，于是，我们便如聚在场边的一群麻雀，哄闹着飞到场上，直奔玉米堆而去，往往这时，就会遭到家长或队长的大声叱喝。不过，我们采取的是游击战术。

下午收工了，热闹的场上渐渐地冷清了下来，此时，就是我们小孩子的天下。秋场上只留守一位年岁大的老头看着,我们便慢慢地靠近白日想玩却不敢玩的玉米堆,开始了攀山的游戏,先前还小心翼翼的,玩着玩着,胆子就大了起来了,远远地向玉米山冲刺,于是,山体滑坡、坍塌,玉米棒滚得到处都是,终于被看场的老头发现。于是,作鸟兽散。待老头走后,又故技重演。

玩累了,身子便靠在玉米堆上,眼瞅着长天,玉米的凉意薄薄地浸着皮肤,爽爽的。暮色默默地浸染着大地,遥远的天边,一枚月痕印在浅蓝的天纸上,有几朵嫩白的云儿似乎想要擦去它,结果是徒劳。就这么瞅着天,觉得秋场真是好玩有趣的地方。

后来,土地承包到户,生产队的那个大场,也被分到了户,大场化作一方方小场。不过,到了秋天,场上依旧很热闹。

那时,我已读中学,课里课外,读了些有关秋的诗文,不知因何?那些诗文总把秋弄得"凄凄惨惨切切"的悲凉。秋风的凄、秋雨的绵、秋草的枯、秋花的残、秋山的瘦、秋水的寒、秋云的淡……就连秋阳也被秋风吹薄了……那些诗文犹如深山禅房的惨淡的青灯,把秋映得枯槁而又憔悴。那不是真正意义的秋天,或者说那不是农人眼中的秋天,那也不是我心里秋场上的秋。

在我的心底,秋天是位风姿绰约的少妇,成熟、丰硕,散发着诱人的魅力;秋天的树枝上缀满了老农的心愿期盼;秋天在农民的眼里是金子打造的。我的血管里流淌着农民的血液,对秋有着先天的亲切感,对秋有着深刻的体会。

在秋场上,最能体现出农民对秋的深情。民以食为天,吃饭是硬道理。我的记忆里,几乎没日没夜泡在秋场上。吃罢晚饭,月儿已升上天空,父亲便督促着我们到场上搓玉米。场上,家家似乎不约而同。

静静的夜空下，秋场上响起了哗啦啦的搓玉米声，邻场间相互间聊天声，不时夹杂着呵斥声，想是哪家的孩子又顽皮偷懒了，场边草丛蟋蟀闲适的歌吟声，各样的声音，掺杂、交会、糅合，秋夜愈加沉寂静谧。秋雾薄薄地飘来，夜色如海，秋场，就似条巨船，近村的轮廓，远树的大概，感觉就是座座海岛。秋露也悄悄地降了，微风一吹，空气中便有了凉凉的秋的水意，这是秋的目光，秋正默默地瞅着我们呢。想小的时候，在秋场上，瞅着秋，自己似乎立在秋外。瞅者，目之秋，抑或秋之目。想想真有点禅味。

而今，秋场经过时间的涤荡，秋风一吹，秋场上便在目前了，那里晾晒着玉米、大豆……黄灿灿、金亮亮，如曝晒的阳光，沉甸甸的、暖洋洋的。温暖着我的记忆。

雨　中

春日，细风，微雨，再加上一个动词"行"，这就是一幅鲜活的画了，大约类于深山藏古庙，踏花马蹄香。

"好雨知时节，当春乃发生。"春雨，如雾如纱，缥缥缈缈，若有似无，犹如少女流转的眼波，倩然的巧笑，湿湿的，润润的，有点薄薄的凉，网入其间，宛在水中央，惬意。

此时，伞便成了某种摆设，你可以让它绽放，亦可把它束起。春雨润肤却不湿衣。纤柔的发丝，在微风中激动地探起头，它们是春雨的粉丝。眼睛打开心灵之窗,世界似乎于眨眼之间明朗了,亲切了,可感了。

　　行在微雨的春日里,我突然发现城里的水泥路面是那样的温情与洁净,踩上去似乎已不再冰冷而刚硬,感觉和软了许多。熟视无睹的行道树,远远地伸出了枝条,藤蔓牵衣,亲切可人,碧绿的叶片似乎随意地倚在青柯上,安闲,悠然,自在,在毛毛的雨雾中舒展着腰身,肆无忌惮地与微风嬉戏着,欢快的笑声,一阵阵拂过我的耳际,尚夹杂着鸟儿的啼鸣,循着鸟声,我惊喜地发现隐在枝叶间的一对夫妻鸟,我叫不出名字,却记住了它们嘤嘤的歌韵,娇小的体态如刚孵出的鸡雏,披一衣杏黄的羽衫,修长的尾翼翕动着,风动枝摇,如浪花间的舟楫。这对可怜的小家伙,踩在钢丝上,晃晃悠悠,你一言我一语地倾诉着,对我多情的目光,居然置若罔闻。

　　道边,不知何时长出的一株野花,叶尖若柳,淡蓝色花朵细碎如豆,素洁、淡雅,这是我平日里所不曾留意过的,她娇小柔弱,似乎是匍匐于地,可她独具个性的色彩,让我怦然心动,在我的印象里,花的颜色通常呈姹紫、嫣红、金黄、雪白……养目却难以令人神摇,个性的东西,总是让人醉心而难忘。放眼望去,路面不知何时已开满了伞花,五颜六色,孤寂的伞儿终于有了放飞心情的机会,大有乱花渐欲迷人眼之态。

　　乡村,正是"绿树村边合,青山郭外斜"的时候,金黄色的油菜花正狂放地扑向如黛的远山,蛰伏山间的茅屋也被春雨叫醒来了,敞开扉牖,苔痕已绿阶院,满目含翠,蜂鸣蝶舞,田野里,白鹭悠然地蹲在水牛的脊背上,天空中,忙碌着穿行于雨雾中的春燕,大约是忙着啄泥筑巢吧,久居室中的种子似乎早已春心荡漾,正期待着一双结茧的大手……一切都充满了盎然的生机。

不知因何,我莫名地想到了老杜先生的《江畔独步寻花》:"黄四娘家花满蹊,千朵万朵压枝低。留连戏蝶时时舞,自在娇莺恰恰啼。"好一个"恰恰啼",一向沉郁的老杜难得有如此欢愉之时,我想这与春天不无关系,我还固执地以为老杜独步江畔时,一定飘着微雨,一如苏轼的那首《蝶恋花》:"花褪残红青杏小。燕子飞时,绿水人家绕。枝上柳绵吹又少,天涯何处无芳草!墙里秋千墙外道。墙外行人,墙里佳人笑。笑渐不闻声渐悄,多情却被无情恼。"雨意分明呢。

这么想着,忽而觉得,这场春雨似乎少了主题,若有一番浪漫的邂逅,那就妙不可言了,这也是春的属性。想此,不觉莞尔。

锁

提起锁,我不由得想起读高中时的一件往事。

那时,我们宿舍住了十几人,锁上只有两把钥匙。那会儿,还没有电子配钥匙这一说。怎么办?最后,有一位同学把锁芯取了出来,这样,锁表面看上去完好无损,可只要用手轻轻一拉,琐就开了。

锁,就像田间的稻草人,成了一种摆设。

锁的发明,我总觉得是对人的诚信的某种讽喻。我想发明者的初衷,是想暗示世人一些什么。古人画地为牢,一痕似有若无的圈圈,能禁锢一个活生生的人吗?彼此之间,是用信任来维系着。

记得年少的时候,在乡下几乎家家户户都不锁门,出门随手把门带上,就行了。即便有人家落了锁,钥匙也就放在门楣上,这已是公开的秘密了,锁门恐怕也只是怕猪羊破门而入,并非有心想防着谁。有时,有人赶集上店,就嘱托相邻一声,大门一带,拔腿走人。

锁,而今想来,它的作用似乎是在提醒着人们,人与人之间,千万别忘记了诚信。

蘑　菇

一朵蘑菇,生长在草丛,草似乎把它掩藏了起来。

为了生存,为了获得更多的阳光、空间,蘑菇能散发出某种物质,可抑制草的生长。因此,凡有蘑菇的地方,四围的草色暗淡。

如此一来,有经验的采菇人,便很容易就寻找到它。

看来,损人欲利己者,往往适得其反,只有和谐互惠,才是发展之道。

看 戏

几日前的晚上,小区广场上突然就锣鼓喧天,不一会儿工夫,广场就被挤得水泄不通,原来广场上来了草台班子。

按理说,现在家里都装宽带、有线电视,就更不用说手机、随身听之类的了,文化生活,不可谓不丰富多彩,怎么会锣鼓一敲,就上墙头呢?

看电视、玩电脑、听广播,目睹的是影像,耳闻的是电磁波,总给人隔靴搔痒的感觉。看来,文化说起来好像是虚的,其实,文化是实实在在的东西,也就是说,人们是文化生活的参与者,而不是旁观者,人们要真切感受那种文化的氛围,就像一滴水活跃在大海里。

鲁迅先生有一文《社戏》,描述他乡下看社戏的心情:"在停船的匆忙中,看见台上有一个黑的长胡子的背上插着四张旗,捏着长枪,和一群赤膊的人正打仗……我们便都挤在船头上看打仗,但那铁头老生却又并不翻筋斗,只有几个赤膊的人翻,翻了一阵,都进去了,接着走出一个小旦来,咿咿呀呀地唱。"热闹的场面,如身临其境。无钱,却有闲,或许正因为苦哈哈的生活,才想着法逗乐子,人生之路总是要走下去的。

儿时,村里有剧团,父亲在村剧团教人唱戏,人称马导(村人读"套",风趣)演,有一段时间,排演时装戏(相对古装戏的叫法),

《红灯记》《智取威虎山》《半块银圆》之类,那时,我还不识字,不过喜欢翻看父亲的日记,黑黑的文字,似有无穷的魅力,让我翻了一遍又一遍。父亲常带着我去剧团,背台词,对台词,熟了,试演,一幕一幕地演。在此过程中,父亲加以指导,该如何出场,如何动作,如何眼神,如何跌倒……之后,上装彩排,开枪时,用摔雷,那种不用引火线的炮仗,用力往舞台上一摔,嘭,一声巨响,那边就有人应声倒地。演剧,真是一件有趣的事。

充满幻想的青春期,我曾渴望做一名演员,扮演个警察,多威风,幻想终究是幻想,父亲在剧团,按理我可在剧中客串一把的,不是没有机会,父亲不让,剧团要巡回演出,他怕耽误我读书。

70年代末,村剧团已不排时装戏了,排古装柳琴戏《秦香莲》《卷席筒》等等。剧团设在村头公墓里,那时,我好像从来就不知道怕,看排戏看腻了,就爬土坟堆玩,文武场,锣鼓喧天,丝竹悠扬,阴雨天,剧团屋里,挤满了看热闹的人,没办法就清场,门外,窗后,都是人,任凭雨水也浇不灭。

戏要上演了,白天,大队院子里就有人画线占位子,天一擦黑,场里就给气灯打气,然后把点亮的气灯挂起了,通常两个,演剧的过程中,还要轮番放下来,充气。一道黑色的幕布,一张条桌,两把椅子,就是这些简单的道具,出将入相,演员演得热火朝天,人们看得如醉如痴,戏台底下,不知落了多少善感同情之泪。

后来,父亲被调到公社宣传队教人排戏,在公社的大礼堂,我平生第一次看了有大型布景的演出,那时,我不过是十来岁的孩子。

现在想来,当时父亲对我的做法,用而今的新名词来说,放养。父亲有事提前回家,让我独自看戏。秋天,风瑟瑟地吹,父亲塞给我一个干馒头，一张戏票，说看完了，到二楼找谁谁。那晚演的什么戏，我丁点记忆都没有，震撼的大型布景，好像也没有我期待中那么震撼，只记得，曲终人散，只剩下孤孤零零的我，恐惧突然而至，父亲肯定是有交代的，可是没有人来寻我，我哆哆嗦嗦地准备上楼，在楼梯口，听见有人叫我的乳名，那晚，我睡得很香。

现在，我们市（县级市）的剧团早就解散了，更别说乡村。有时，我就想国家穷时，几乎每个村庄都设有剧团，因何现在国家富有了，剧团却在乡村的大地上消失了呢？推说市场经济的作用，我觉得难以服众，否则，锣鼓一敲，就不会有如此之众蜂拥而至了。人生如戏，谁不想参与模拟一把。

井

井，一口，或一眼，人们通常如此称谓。我觉得井以口论，仅指是其外形，而用眼相类，方画出它的神韵，令人回味无穷。

井默默地蹲在一处，悄无声息，可它无时无刻不在打量着这个世界。它把雨揽入怀，为雪擦拭泪；它抚慰着千年霜露，清洗着旅人的疲惫；它经历着、海纳着、交会着、融合着、沉淀着、升华着，春夏之晨，秋冬之夕，袅娜的水雾便在它胸中舒缓吞吐，渐渐散漫，似乎恣意挥写着什么，示意着什么。

井口，总有人砌石垒台。风儿似乎对井台情有独钟，常在它的身周盘旋，带着花草树木的种子，于是，小树在井旁生根发芽，根系饮汲着井水，渐渐地为老井撑起了一把伞，野草杂花在石隙间悄然滋生、繁衍，一簇簇、一丛丛，平平仄仄，犹如老井吟哦的散章。人世之间，似乎没有什么能像井一样，让时间和空间变得如此象形，让那些世事沧桑，变得如此富于诗情画意，可触可感。

小的时候，常常趴在井边，看水中的影子，我用手臂探进井口，井中之人亦伸手相迎，一个地上，一个井下，就这么呼应着，遥遥相对；我把树叶抛向井里，叶片扭动着身子缓缓地飘落下去，水纹漾开，身影在水里晃动着，扭曲着，哈哈镜一般。不知天上的云彩是有意的呢，还是一个不小心掉进来的，却不见擦破摔伤，依然完完整整，洁白如故，鲜活似初。云彩经过了水洗，似乎更加柔和了，清爽了，很受用地漂浮在水面。与云相伴的，尚有树的枝叶，以及枝叶间隐没的鸟儿。那是一幅怎样的妙手丹青呢？

在我的记忆深处，有关挖井，有着太多的回味。懵懂之时，我就喜欢看人挖井。村里通衢之处，抑或村口，似乎是随意选址。开土动工，人在地上，井在脚下，不一会儿，人便被井吞没了。不过，犹如画龙而未点睛，这睛就是泉眼，泉眼长在土地的深处，人需不断地去挖掘，就这么，井下的人用锹努力地去寻找，井上的人便用泥兜把废料一兜一兜提上来。井越打越深，希望似乎在迷茫中格外清晰，泉眼就在一锹之间，然咫尺天涯，等到井下传开惊喜的连声叫喊——泉眼、泉眼……这眼井就算打成了。不过，井水是需要淘的，吃水的人越多，泉眼越活泛，水愈清冽，愈新鲜。

大约是受打井的启发。曾记得，放学后，成群的少年郎去田野里铲草喂猪，口渴了，便会来到小河边，河水虽然清澈，却不能直接喝，于是，便在河边用铲挖一眼小井，待清清亮亮的水慢慢地泉进来，便探下头去亲吻水面，感觉就像大地捧着的一碗清水。有时水会呛入鼻孔，自然少不了一阵狂咳，之后，便会去寻清新的麦秸，或折一株芦苇……想一想，真让人无限地怀恋。

人类曾逐水而居，井曾拴着多少游子望乡的目光。而今，井似乎远离了我们的视线，成了某种遗物，某种记忆。我不知道井以及井所衍生出来的词汇，将来的命运如何，我只知道，一眼眼、一汪汪涌出清泉的井，将汩汩地滋润我一生的岁月，永不干涸，永不消失。

老　桥

村东有条小河，河上有座拱桥，不是钢筋水泥结构，是石匠师傅用石头砌成的，单看桥的材质，便知桥是老桥，更何况紧挨着石桥又有座新桥相较呢。那一天，见此情景，我莫名地觉得，新桥好似是被人"皮斯（英文为PS）"在老桥边，怎么看都觉得别扭。

毋庸置疑，我对老桥是有感情的，或许因此，对新桥便有些轻慢，其实，新桥比老桥更具实用性，这一点也是毋庸置疑的，世事变迁，此一时，彼一时，两座祖孙桥，似乎成了时代的标签，从老桥步入新桥，不过几步之遥，却给人一种穿越时空的错觉。

新桥是一座平板桥，没有实际意义上的桥洞，几道桥墩，卡上水泥预制的桥面板，桥设计得简洁明快，突兀着世俗的价值观，缺少了老桥的情致与韵味,暴发户般乜斜着老桥,鄙夷不屑,大约是新桥无知小河的历史。

　　曾经的小河不小,在这方圆百里之地,也算是大河了,平时河流舒缓平静,赶集上店,大都走水路,农闲有空,又没啥急事,挂桨摇橹,河面船来舟往,充满着浓郁的生活气息,晨昏,下丝网逮鱼,为使小鱼攒动,渔人就会用小木槌敲打着船帮,哆、哆……如敲木鱼,声响悠远,若震荡着旅人的耳鼓,一定会令人起相思的。涨大水时,水势浩荡,湍急浑黄的水流,搅起一圈圈漩涡,水面上浮动着成堆成堆的水沫,如浮游天际的云朵,更像是从上游淌来的泡沫,树木、棺材板、木车架之类亦顺势而下。水声一向唯美,汉语里有诸多优美而富乐感的词汇来形容它,诸如,潺潺,淙淙,涓涓……水势浩大,水声便会失去平素的温婉,轰隆隆的声响,大有吞噬一切的狂躁,令人胆战心惊。当人们摸清其底细,也就没那么怕人了,相反,每每夏日涨水之时,村人都会蜂拥大堰,不是为了观看泛黄的水潮,而是企图发现河面的值钱之物,随时准备跃入水中,真可谓人为财死鸟为食亡。

　　为了防止小河发大水淹没村庄及庄稼土地,小河的两岸便垒土为堰,站在高高的土堰望村庄,便可体会鸟瞰一词的妙处,那些无规则的房屋歪歪斜斜卧在村里,又被四合的村树半遮半掩着,恰似一幅水墨写意画,行人在村里移动着,犹如画中点缀之笔,虚幻如梦。我所以拉拉杂杂地写这些,目的不仅为了回顾过往,更重要的是想告诉大家,建造老桥时,可能考虑到大堰防洪的因素,因此,老桥架得很高,链接桥两边的路坡面长且陡,拉车或负重上桥,无疑是吃力的,但人们无须费时绕道了。

　　我记事时,便有了老桥,据说老桥的桥址原是渡口,四邻八乡的往来都要过渡，儿时曾听老辈人讲过，当时过渡是无须交费的，秋收之后，有人挨家挨户地去齐粮食。后来读沈从文的《边城》，老是把沅江幻化成村东的小河，是的，村东的小河、老桥、高高的土堰，在我的记忆里无疑是美好的。儿时，曾在老桥洞里捉迷藏，玩打仗，从桥面上向桥洞里撒浮土，弄得灰头土脸的，满鼻孔都是黄土，高高的土堰上，长满了刺槐、杨柳……夏日里，如一条蜿蜒的绿色长廊，秋日里，落叶满地，随风而动，沙沙有声，是谈恋爱的好去处，也是鸟雀的栖息的场所……

不过是几十年的光阴，土堰秃了，矮了，没了，被瓜分了，小河瘦了，黑了，鱼虾少出没了，船只或许早就化作了尘埃，好便是了，了便是好，高高的土堰消失了，老桥便被架空了，新桥应时而生。桥与路平，行人走车便无须高开低走，水泥路村村相通，四通八达，即便是河道依旧宽敞，估计也没有人走水路了，何况河窄水瘦，旧的不去，新的不来，这是事物的客观规律。

桥，一老一少躺在河面上，似在倾心交谈，老桥侧视着新桥，心态超脱，淡然恬静，见此，不免有所感有所悟，我突然觉得，老桥似位白发苍苍的先哲。是啊，桥，从某种意义上来讲，已从路的内涵外延至哲学的境界，我觉得孔老夫子的那句话，似乎是跟桥的论语，俗语说，桥归桥，路归路。果然是弦外有音。

二月二

二月二，三个字，感觉很亲切，犹如三粒金黄鲜香的玉米花。咀嚼着它，意味深长。

家乡，二月二，非同常日，把它当节过。俗语：二月二，龙抬头。意味着从此雷公可以行雷了。

此前，天若打雷，乡人视为凶兆；此后呢，则有警示恶人的意思，慑其恶途知返。村庄的上空每有巨雷滚滚，乡人们便会议论纷纷，何人不干好事了？善良的乡人大都相信因果报应。村霸们践踏道德，目无法规，欺压乡邻，村人无可奈何，为泄心中不平，便寄望于天，以期那些人渣遭受天谴。典型的阿Q精神，没办法。时至今日，仍旧有人深信，这也说明，法制建设，在乡村，任重而道远。

节日，总有某些仪式。二月二当然不能免俗，在家乡，此日，早上炒花子，晚上须放刷把。

花子是玉米花的俗称。炒花子的原料自然就是玉米了。上一年秋时预留下的玉米棒子，都是经过精挑细选，个条相当，粗细均匀，颗粒细小金黄，把它们挂在老鼠够不着的屋山墙上。正月的门一关，二月的大门就打开了。乡人便把玉米棒从屋山墙上取下来，去皮脱粒。冲洗黄沙。只等着二月二一大早，动锅开炒。

记忆之中，母亲烧火，父亲用大铁铲子翻炒，我们姊妹几人，围着锅台眼巴巴地瞅着，锅热沙红，金黄细小玉米粒渐渐地膨胀变大，如粒粒含苞的蕾。目不转睛地盯着，心急得如灶膛之火，不由得念叨着，怎么还不炸呀。此时，就听嘭的一声，又一粒玉米在众姐妹之中率先一跃而起，神奇地变作了一朵花，如一条鲜活的红鲤鱼。那真是个美妙的瞬间，猝不及防，一粒玉米一跃而成为一朵花，一呼而百应，噼里啪啦，玉米花竞相在热锅里绽放，让我联想到宋祁的"红杏枝头春意闹"的诗句。礼花也要相形见绌了。想描绘此情此景，文字都羞怯怯地靠边站。飞花四溅，香气弥漫，从屋里氤氲院内，又与邻院的香气会合，整个村庄都沉浸在玉米花的香味中。

　　炒好的玉米花冷却后，装在小瓷缸里，那时还没兴塑料包装袋，满满的一缸，能够享受好多天呢。

　　说话之间，太阳便隐在村西的山后。这时，又一场好戏开演了——放刷把。刷把，就是平日里刷锅洗碗的用具，高粱穗制作而成的，无须花钱。放刷把必须要有杏树，我想大约杏树与幸福谐音吧。

　　那时，谁家的家前院后，不栽几株杏树呢。春日里看花，夏日里食果。干透的刷把，点燃之后，就是一把火炬。父亲把燃旺的刷把向杏树的枝杈间抛掷，口中还唱着：刷刷把，琉琉灯，一颗蜀黍（玉米）打半升。火把在树杈间穿梭飞行，此起彼落，画出一道道红亮亮的弧线。有时，小孩子也跑上前去助阵，捡拾起火把，胡乱抛掷，火星四溅。此时，大人不但不吵，还会夸上几句，这时难得的。平日里，小孩子是不让玩火的，水火无情，谎说小孩玩火会尿床。今晚开禁。放眼望去，可谓火树银花，壮观异常。

　　而今，二月二炒花子的习俗，还在家乡延续着，放刷把，已经没了，现在人们都使用钢丝球刷洗了，放刷把失去了物质基础。至于二月二因何要炒花子、放刷把，小时没往这边想，而今，不愿去多想。约定俗成吧。二月二，普通的一天，因为有了这些习俗，凸显为节日了，有了内涵，日子就是不一样。

天　边

站在故乡的土堰上，极目林带后的远天，此时，夕阳正红，一簇一簇火烧云在林带后舔着火苗，不觉心头一热，忽视远天已久矣，对天边无限美好的遐想，似乎早就被眼前的俗事牵绊，了无心思，滚滚红尘之中，灰头土面，心的河床淤塞了，荒芜了。

从何时起学会的只顾眼前？从何时起学会的察言观色？从何时起学会的走一步看三步？……天边相对于现实，不是显得太奢侈，就是觉得太虚无，向前看时，金黄的云朵却变成灿灿的黄金，于是乎，前被变通成了钱。

慢慢地，心没有了痛感，没有人会在意花眠花醒，没有人会在意晨鸟的啼鸣，没有人会在意一滴珠露的滚落，行色匆匆，目不斜视，一脸的假面，葫芦里到底卖的什么药？除非上帝知道，自己有时也许说不清楚，跟风，随大流，只顾脚下，不看前路。

记不得在哪里看过的一幅漫画，在大街上见有人排队，起初一两个人，而后越聚越多，长龙一条，甚至于影响了交通，每有入列者，便问前边的人，前边干什么的？回曰，不清楚。反正人人都在排队，就跟着排了，不能是坏事，否则，怎么会有这么多人跟着排队呢？

当年流行健美裤时，大街小巷爱美的女士，无论年长年幼，高矮胖瘦，统统都着健美裤，东施效颦，自古有之，老传统了。说绿豆可治百病，大家都喝绿豆汤，说蒜可防癌，大家都跟着吃生蒜……（蒜）算你们狠，亦不过是（豆）逗你玩。没有人抬起头来，漫过从众的头顶，向天边望一望，利令智昏，心已蒙尘，打开的窗口，亦不过是灰蒙蒙的天，没有多少能见度的。

小时候，看天边的远山，青青的一抹，树木烟头一般戳在山上，天青云白。听父亲说，山里有清澈的湖，山林里有奔跑的野兔，五彩的雉鸡，银白的狐狸，山野开满鲜花，山地种满花生……山，真美，山里，真有趣。父亲还说，等我长大了，自己去看，一段时间，没事就遥望远山，觉得山就在不远的村西。等不及了，我独自沿着一条土路，目的便是村西的青山，走出村子，山又躲在一片树林后，迈向田间的小路，向树林的方向走去。走啊，走啊，青山似乎随着我前行的脚步，在步步后退，走累了，坐在长满花草的路边休歇。看着不知名的花，在风中摇头晃脑，仿佛在我面前有意识地扮着鬼脸，逗我玩。还有草丛中的蚂蚱，草色的蚂蚱，在我坐下时，纷纷在我的面前舞蹈着，面前是一条小水沟，水沟里水草琴弦般，被水的手指拨弄着，发出天籁般的哗哗的声响，我看呆了，若不是追随着青山，我怎么能欣赏到如此美妙的田园景象呢。

这是我儿时记忆中的一幕，多年以后，我曾无数次地从那条乡径走过，却没有了儿时的那种感觉。那条小路，实在离家很近，怎么在我的忆念里，竟是如此的遥远，遥远到我穷此一生，恐怕也走不出，我想主要的因由，就是儿时那抹远近在眼前，又远在天边的青山。

其实，那座青山，我早已跨过去了，那里的湖水已干涸，山已被开采得满目疮痍，哪里还有山林，哪里还有狐狸，千年的白狐，已跑到更遥远的天边，不过，谁还会去在意？

我从那抹青山，随着打工的潮流涌入了城市，几乎是跟跟跄跄的，无法回顾，不能抬头，背负的太多，家庭、孩子、父母、亲戚、朋友，想着成功，说白了，这一切，似乎都是为了自己的脸面。中国人，讲究的就是脸面，于是乎，大家更顾及脸面，低头摸口袋，抬头看脸面，谁还有闲情看天呢？

神马都是浮云。说得多好，何必这么行色匆匆，慢一点，又如何？抬起头来，看看远天，大自然的天边，也许有人类最美的梦，一如人有童话般的童年。

圆的月团的饼

中秋，圆月，月饼，我觉得就是一曲盛世的和弦，奏出了华人团圆和美的乐章。

八月十五的月饼，月乃天生，饼属人为，月饼似乎隐含着中华民族敬天悯人、天人合一的情怀。相传我国古代，帝王便有春祭日，秋祭月的礼制。在民间，八月中秋，也有祭拜月亮的习俗。我国是农耕文化的国家，土中求食，靠天吃饭，总期望着风调雨顺。

八月，黄叶飘飞，黄金铺地，是农人收获的季节。仓廪实而知礼节。月到中秋时，粮已归仓，草也归垛，辛劳三季的农人，在满月的柔光中，享受着劳动的成果，杀猪宰羊，载歌载舞……至于餐桌上可否摆放着月饼，恐怕是在唐代之后的事。据说月饼最初起源于唐朝军队祝捷食品。唐高祖年间，大将军李靖征讨匈奴得胜，八月十五凯旋。当时一胡商向唐高祖李渊献饼祝捷。李渊接过华美的饼盒，取出圆饼，抬眼望月言道："应将胡饼邀蟾蜍。"便把圆饼分与众群臣享用。元朝是外族人主政，汉人反抗其酷暴的统治，传说八月十五传消息，大年三十杀鞑子。反元的消息就是通过月饼来传递的，而今老式的月饼顶上，还贴有一方小纸片，就是那时流传下来的。这个传说，至少可以透露出两点，一是月饼已被当作礼品，二是中秋吃月饼已在民间流行。

唐时，八月中秋，上至皇宫，下到臣民，都是在室外对月饮酒的。最多就是富贵之家，排场大些，于后花园之中，亭台楼阁，假山水榭，竹绿枫红，桂花飘香；小户人家，柴门小院，没有丹桂赤菊，却有一架丝瓜，丝瓜架下，摆放一只四方小木桌，全家男男女女，大人孩子围拢在一起，凉菜热汤，团团圆圆，热热闹闹，嘴里嚼着月饼，举头望着明月，其乐融融。

清风明月无须花钱，更何况有钱也不能买来，也不能独享，上天好生，众生平等。"露从今夜白，月是故乡明。"那是诗人的感觉，大约是杜甫想念家乡了。月亮从来都是不偏不私的，怜爱地俯视着大地山山川川，角角落落……

而今，似乎大不同，人类随着科技的飞速发展，自以为可以左右着大自然了，冬食春蔬，夏食秋果，在局部可以任意改变季节……于是乎，有钱的富人似乎不肖天上那轮中秋的满月了。八月尚未到十五，便定好了豪华的酒店。中秋一到，全家倾巢出动，小车一溜烟直奔大酒店，玉盘珍馐，霓虹灯闪烁，哪里还有月亮什么事。

倒是没钱的平头老百姓，尤其是乡下的农人，依旧在中秋月圆之夜，在院中的花前月下，全家人聚在一起。不过，还得有个前提，那就是在外打工的孩子放假回家了。若没能回来的话，也没有关系，对着头顶的一轮清辉，拨通手机，电波顺着温柔的月光，便把相互的祝福传送到了，就要挂电话了，赶忙问一问，今晚，吃月饼了吗？

车　站

车站，是一个极具感情色彩的词语。

不知因何，我对车站一词，有着天生的敏感，总觉得车站是个喻体。生活之中，它从来都不是孤立的存在，而是无时无刻不与我们发生着千丝万缕的关系。

人生的聚合离散，多在车站上演。车站，把远方拉近，又把近处拉远；车站，是羁旅的故乡，亦是离人的旧地……我每次见到车站，都会莫名的激动，那是一种无以言说的情怀，就像立在水边，望着水中的倒影，真实得有些虚幻，做梦一般。

在我的记忆里，车站是多元的，它似乎是多种影像的叠加、组合，如同电影中的蒙太奇。

朱自清心底的车站，是其父背影的布景，那个叫浦口的火车站，其意义远非地理上的南京浦口，那是演绎父子之情的舞台。

"我看见他戴着黑布小帽,穿着黑布大马褂,深青布棉袍,蹒跚地走到铁道边,慢慢探身下去……穿过铁道,要爬上那边月台……他用两手攀着上面,两脚再向上缩;他肥胖的身子向左微倾,显出努力的样子,这时我看见他的背影,我的泪很快地流下来了。……等他的背影混入来来往往的人里,再找不着了,我便进来坐下,我的眼泪又来了。"

车站,让朱自清理解了父亲,体味了人生的况味,这恐怕是要胜读十年书的,当然,我的猜度而已,无从考证。

影视作品里,常出现如此的镜头。一对热恋中的情侣,面对无情的生活,不得不面对着离别。站台上,静止着一列绿皮火车,哗——的一声,哐,哐,火车启动了,缓缓地行驶着,坐在车窗前的男孩拼命地摇动着手臂,女孩手贴着窗口,跟着火车赛跑。火车渐渐地提速,女孩子渐渐地被甩在车后,同时被甩的,还有一条空洞洞的火车道。女孩子的泪水没有打折目光,相反,目光一直追逐着空洞洞的轨道,绵延到无尽的惦念里。

我最初接触的车站,是汽车站,童年是充满着幻想的,总期待着有一天能够飞翔,汽车跑起来就像飞,停靠汽车的车站,对我来说便充满了诱惑。可那一次的乘车经历,车站在我幼小的心灵里,却留下了轻微的擦伤。

母亲带我去城里,奶奶送我们母子。车站。上车。客车关门的一刹那,只见奶奶被关在了门外,平日里,奶奶带我,有时,一眼不见她,都会大喊,哪怕不见她的人,听到声音,心里就会有种无言的安全感。那天,客车徐徐地开出车站,我见奶奶离我越来越远,泪簌簌而下,我哭着央求母亲,我要下车。

那是我平生,第一次感受到别离的滋味。虽然,那时我尚不知道别离一词。

车站，情感的触发点，它愣是稳稳地驻扎在人们心底最柔软的地方。

电影《忠犬八公的故事》，相信有不少人看过，最感人处，便是八公等教授上下班的那个车站。

早上，教授上班，八公一路相伴，送教授到车站；晚上下班，八公早早地来到车站，等待着教授。车站附近的人，没有人不认识八公，就这么，日复一日，一天，教授在课堂上，突发心脏病，永远无法回来了，八公依然在车站等待着，后来，八公跟随着主人搬到很远很远的地方，八公还是跑回了那个小站，晨昏，八公都在车站等着接回教授，一等就是九年，直到八公老死在车站。

车站，是人情沙漠中的绿洲，它让世人看到了人间的真爱与温暖。

古代，陆路交通不发达，送别多在水路码头。其实，码头就扮演了车站的角色，古人留下了多少优美的诗章。

"故人西辞黄鹤楼，烟花三月下扬州。孤帆远影碧空尽，唯见长江天际流。"这是李白送孟浩然去扬州。"浔阳江头夜送客，枫叶荻花秋瑟瑟。主人下马客在船，举酒欲饮无管弦……"这是白居易《琵琶行》中的诗行，诗人有个小序，"元和十年，予左迁九江郡司马。明年秋，送客湓浦口，闻舟中夜弹琵琶者。听其音，铮铮然有京都声。问其人，本长安倡女，尝学琵琶于穆、曹二善才，……感斯人言，是夕始觉有迁谪意。因为长句，歌以赠之，凡六百一十六言。命曰《琵琶行》。"

都说沧海桑田，世间，总有些东西不会变。

一年春，我去小镇送别友人，小镇的早晨，静悄悄的，清寂无声，一扫白日的嘈杂喧闹。车站，冷冷清清的，旅客不少，多像梦游，没有人打破这样的沉静。

站里,朋友说,回去吧,天还早呢,可以再睡一会儿。

我觉得有理,便回转身来,走着走着,一回头,但见朋友在空荡荡的大厅里独立着,我所以用独立着,不是说大厅里没有人,而是觉得他孤零零地站在人群里,像是被我随手丢弃在沙滩的一只贝壳,当时,心里一软,我又回来了。

朋友见我回身,没有作声,在目光的交流中,对我微微地点了点头,我能体会到,那轻轻地一点头,如同一粒抛向湖面的石子,我们的心底都会漾起波纹。

买票,候车,进入候车室,我被保安拦了下来,他乘着电梯缓缓而下,然后,回头,对我摆摆手,没有说话。可那时,我觉得他在向我诉说着什么。我知道。"回首向来萧瑟处,也无风雨也无晴。"你信吗?

都说当今社会,人情冷漠,无妨多去车站,喧哗的地方,有时也是可以让人静心的。